UNE BÊTE SACRÉE

par

HENRI LOYSO

E. BERNARD
ÉDITEUR
— PARIS —

Une Dette Sacrée

Par Henri Loyso

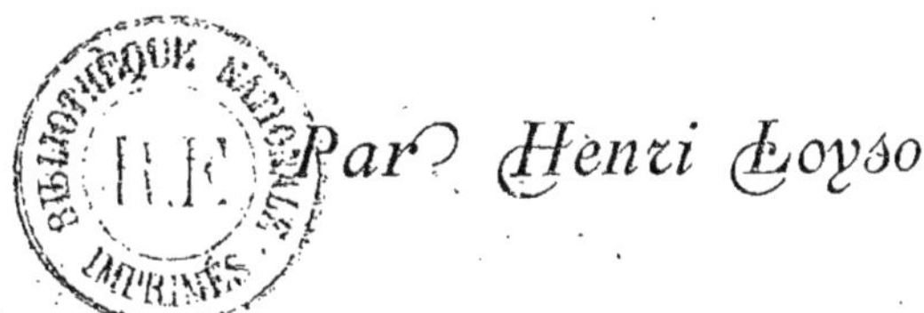

PARIS

E. BERNARD, IMPRIMEUR-ÉDITEUR

29, Quai des Grands-Augustins, 29

Droits de Traduction et de Reproduction réservés

Une Dette Sacrée.

PROLOGUE

Il y avait bal à l'hôtel Sécrestan.

La soirée finissait. — Dans les salons, l'orchestre jouait une valse lente et monotone. — Cette musique molle, dont le rythme s'affadissait, disait bien la fatigue qui commençait à prendre tous les invités.

On dansait encore pourtant.

Au milieu du tourbillonnement des jupes, des épaules et des bras nus, dans le pêle-mêle des escarpins vernis et des chevilles blanches, on vit une grande et belle jeune fille qui, glissant avec habileté à travers les groupes, se dirigea vers un petit boudoir où, seul, appuyé contre le cadre de la haute croisée, un jeune homme d'environ 23 ans, attendait, l'air nerveux.

Brun, portant la barbe en pointe, avec une moustache retroussée qui avait l'air de mousser sur ses lèvres rouges et sensuelles, les cheveux très soignés, mais qui, un peu trop longs, faisaient deviner un artiste ; bien pris par son habit bien coupé, il présen-

tait une silhouette tout à fait élégante et même dis-
tinguée.

Quand il aperçut la jeune fille, il eut un sursaut
et ne put retenir un « ah ! » étouffé.

Elle, après s'être assurée d'un coup d'œil circu-
laire que personne ne la remarquait, vint droit à lui
d'une allure décidée :

— Avez-vous regardé le côté de la serre, qui donne
sur la rue Bizet ? dit-elle tout bas.

C'est facile, n'est-ce pas ?

Horriblement ému, il bégayait :

— Oui... c'est donc vrai... ce soir...

— Oui, je suis folle ! mais c'est entendu, ce soir,
quand tout dormira dans la maison, je vous attendrai. — Mais..., pour Dieu ! qu'on ne vous voie pas !

— Oh ! merci, merci !... il cherchait sa main.

Mais déjà elle s'éloignait. — Sur la porte, elle se
retourna, mit un doigt sur ses lèvres : « Chut ! », et
tranquille de son allure souple de reine, rentra dans
la cohue des épaules blanches et des habits noirs, le
laissant ivre de joie, éperdu de bonheur !

Pour savourer à son aise les sensations délicieuses
qu'il éprouvait, il avait appuyé son front contre la
glace et, sans voir, il regardait sur l'avenue.

Malgré l'heure avancée, toutes les fenêtres de l'hôtel étincelaient. — Une longue file de voitures attendait : les cochers dans leurs pelisses somnolaient,
tandis que les valets de pied, bâillant, faisaient les
cent pas sur le trottoir vivement éclairé.

De minute en minute, un couple paraissait entre

la double rangée de plantes vertes qui ornaient le vestibule. Un froufrou de jupes, une exquise silhouette féminine, s'engouffrant dans la portière d'un coupé violemment refermée, un piaffement de chevaux et un roulement de voiture perdu lentement, dans le noir, et le ron ron monotone de l'orchestre reprenait le dessus.

Mais notre homme n'entendait, ne voyait rien, il pensait :

— Enfin ! enfin... est-ce possible... elle va être à moi... non... je rêve... ! !

Un rêve, en effet !

Il avait su conquérir cette adorable enfant, fille unique de M. et Mme Secrestan, gens très riches, propriétaires de cet hôtel où il venait régulièrement depuis plus d'un an.

Le coup de foudre ! — tout de suite, ils s'étaient plu — maintenant ils s'aimaient à la folie.

A la folie, est bien le mot, puisque nous venons de voir cette jeune fille élevée dans les principes les plus rigoureux, s'oubliant jusqu'à donner un rendez-vous la nuit à son amant, sous le toit paternel !

C'était une enfant gâtée, élevée en pleine liberté. — Mathilde était son nom.

Plutôt grande, élancée, avec une taille longue et souple qui attachait un buste splendide à des hanches fermes, larges et bien arrondies. Une épaisse chevelure d'un roux sombre rappelant les tons de l'acajou, mettait des frisons fauves sur sa nuque ronde et blanche. Son costume de soirée, très légèrement décolleté, laissait apercevoir la naissance d'épaules appétissantes. Ses yeux noirs mordorés, ses lèvres rouges un peu épaisses, mais d'un dessin gracieux et un pli qui, parfois, coupait son front adorablement modelé, dénotait la femme chez qui, lorsque les sens s'éveillent, la passion devient tellement violente qu'elle doit être assouvie.

Lui s'appelait Jacques Ollivier. Faisait de la peinture — ses débuts présageaient le plus brillant avenir artistique. Nerveux, impressionnable à l'excès, ses toiles étaient empreintes d'un beau sentiment qui lui avait valu déjà plusieurs récompenses du jury. Mathilde les avait vues au salon et d'une nature très artiste, faisant elle-même un peu de peinture, elle avait voulu connaître l'auteur, très prises au charme vraiment poignant qui se dégageait de ses tableaux. Et l'auteur avait plu autant que les toiles, et tout de suite, dans sa petite tête volontaire, s'était fixée l'idée qu'elle n'aurait jamais d'autre époux. Malheureusement, Jacques n'avait pas de fortune. Il vivait avec son frère d'une modeste rente, héritage de leurs parents qu'ils avaient perdus de bonne heure. Mais il commençait à bien vendre ses tableaux et était plein d'une jeune ardeur — qu'il n'en doutait pas, le mènerait à la richesse et à la gloire.

Alors, certes, les 800,000 francs de dot de la jeune fille ne lui sembleraient plus un obstacle infranchissable entre elle et lui. Ils savaient bien tous les deux que, pour le moment, le père ne voudrait entendre aucune raison, et ils étaient, d'un commun accord, parfaitement résolus à attendre. Mais dans la fièvre de la jeunesse, la passion grandissant et les désirs naissant tous deux d'une nature ardente, ils devaient fatalement en arriver où nous venons de les voir.

Quoi ?

Ne sont-ils pas époux devant Dieu. Unis par la plus sainte des unions ! Leur deux natures honnêtes n'éprouvent aucune gêne, — quoi de plus simple de se prendre quand on s'aime ? Et puis, puisqu'il faut satisfaire aux lois du monde — on le ferait quand le moment serait venu.

L'Hôtel avait son entrée principale sur l'avenue Marceau. Un superbe perron abrité par une luxueuse marquise conduisait à une terrasse qui régnait tout le long du rez-de-chaussée ; la balustrade de cette terrasse s'étendait à gauche de la porte d'entrée, faisait angle sur la rue Bizet, continuait pendant environ cinq ou six mètres pour aller finir contre le mur d'une construction à cinq étages, mur qui eut été d'un aspect bien triste si on ne l'avait recouvert jusqu'à moitié de sa hauteur d'un treillage de lattes spéciales en vert et d'un dessin savant. Du lierre grimpait à travers les losanges.

Une serre occupait presque toute la largeur de cette terrasse élevée de deux mètres à peine au-dessus du trottoir de l'avenue — elle était un des charmes de l'hôtel, communiquant avec les salons par de larges portes-fenêtres, et les jours de réception on aimait à venir sous ses arbustes rares se donner l'illusion des tropiques tandis que les passants pataugeaient dans la neige fondue.

Mathilde l'adorait ; elle y passait des journées entières à dessiner ou à peindre et souvent la nuit elle s'y attardait à rêver. Sans beaucoup insister, elle avait obtenu de son père un petit escalier qui à demi-caché par des palmiers faisait communiquer directemaient sa chambre avec son endroit favori — à l'hôtel personne ne s'inquiétait plus des bruits, même la nuit, qui pouvaient venir de ce côté on y savait la jeune fille chez elle.

Du côté de la rue Bizet les châssis de fer qui formaient la gracieuse construction, surplombaient la balustrade, là une large baie fermée par des glaces ouvrait directement sur la rue.

Cette nuit-là — vers trois heures du matin — lorsque la dernière voiture eut emporté le dernier groupe d'invités et que le dernier lustre éteint depuis longtemps, tout dormait dans la maison, un passant attardé eut pu voir cette ouverture s'entrebâiller doucement et quelques instants après, un homme qui rôdait dans les environs, rasant le mur, se plaça au pied de la fenêtre — il hésita une seconde, regardant furtivement à droite et à gauche — puis s'élevant à la force des poignets il enjamba l'appui de fer et disparut dans le jardin d'hiver.

Doucement le châssis se referma et il n'y eut plus un bruit dans la rue déserte.

Ils étaient ensemble !

Ensemble et seuls pour la première fois dans le grand silence de la nuit.

Jacques, dont le cœur battait à se rompre, eut un

étourdissement quand il eut repoussé la fenêtre.

Il étouffait.

D'abord il ne vit rien, malgré la clarté douce et laiteuse dont la lune emplissait la serre. Mais tout de suite la tiédeur de l'endroit où les plantes exotiques, mettaient leur ardente odeur d'amour, fit monter à sa poitrine une sensation d'exquise volupté.

Il défaillait, en ce moment il goûta le plus grand bonheur de sa vie !

Il restait immobile, retenant son souffle, les yeux démesurément ouverts, n'osant faire un pas sur le sable criant des allés, car un bruit l'inquiétait qui venait d'un bassin de forme octogone où un mince filet d'eau argenté coulait sans cesse avec un léger clapotis.

Et il regardait devant lui, la bouche sèche entr'ouverte, les yeux hagards, perdus aux quatre coins du féérique jardin où se mêlaient des antres de verdure, des berceaux profonds que recouvraient d'épais rideaux de lianes. Les yeux perdus dans tous les détours des allées dont le sable blanchâtre sous la clarté lunaire, frappait les regards, il ne vit pas tout d'abord celle qu'il venait chercher.

Il ne la vit pas, l'aimée, derrière le bassin, près d'un massif d'orchidées qui le regardait frissonnante au milieu de ces floraisons splendides. Perdue dans l'amour immense qui flottait en cette nef close, confondue avec le besoin de volupté qui emplissait cette atmosphère troublante saturée de la sève ardente du printemps.

Plus émue que lui, la jeune fille était prise par ces végétations brûlantes qui lui jetaient des effluves troublantes ; chargées d'ivresse.

Un désir aigu la tenaillait, la curiosité de la vierge pour l'inconnu de l'amour.

Immobile derrière le bassin, sa forme vague et blanche se détachait sur le fond de verdure comme une apparition.

La première, elle s'avança en murmurant :

— Jacques !

Il l'aperçut et s'élança les mains tendues.

— Oh !... Mathilde !

Il s'était jeté à genoux et baisait ses mains tremblantes.

— Je rêve... bégayait-il...

Toujours agenouillé il enlaçait sa taille à pleins bras. Il la serrait à l'étouffer.

Un temps, puis elle, se dégageant doucement s'était baissée et saisissant sa tête à pleine mains, les doigts allongés le long de ses joues, elle mit sur ses lèvres un ardent baiser en lui disant dans un souffle :

— Non !... tu ne rêves pas..., je suis là... à toi.

Elle s'abandonna.

Lui, la serra follement sur sa poitrine et l'entraînant doucement, ils disparurent sous un des sombres berceaux de feuilles que les rayons de la lune ne pénétraient pas.

.   .   .   .

> Mais nous fuirons sa clarté
> Pour peu que tu veuilles.
> Elle a l'air, les nuits d'été,
> De voir sous les feuilles,

Dit le poète.

Elle doit voir assurément, car à ce moment elle se voila la face d'un épais nuage.

Et pendant deux longues heures, sous la nef à l'atmosphère lourde, l'amour régna en conquérant. On sentit passer son souffle puissant sur les plus petites feuilles, à son contact toutes avaient frémi.

Des plantes d'Australie aux formes bizarres et dont les tubercules pressés ressemblent à de la chair savoureuse palpitaient.

Dans l'étouffement de l'air chaud, un parfum indéfinissable s'étendait, de la corbeille où s'étalaient les orchidées, les *sabots de Vénus* tendaient ainsi que des muqueuses leurs tuméfactions goulues — d'autres semblables à des lèvres sensuelles de femmes, entr'ouvraient des lèvres rouges et molles. Tandis qu'au-dessus pendaient des tresses de lianes comme des chevelures de femmes pâmées.

Au milieu de cette étrange symphonie où les fleurs frémissaient en Messalines inassouvies ; une note dominait, puissante, pénétrante, qui se mêlait au petit bruit énervant de l'eau.

C'était le chant de l'amour qui unissait au milieu de ces végétations superbes, ces deux êtres jeunes et beaux.

— Ma femme !

— Mon bien-aimé.

— A demain !

— Comme la journée va être longue.

Une dernière étreinte et les amants se quittèrent.

En sortant par un brouillard épais. Jacques était étourdi, ne voulant pas croire à son bonheur. Mais il emportait à ses lèvres et dans tout son être un parfum qui lui rappelait bien la vérité. Rentré chez lui, il se coucha, tout fermé dans sa chambre et passa la journée à savourer les joies passées, dans l'attente immense de celles à venir.

Jacques revint chaque nuit. Il arrivait par le même chemin ; Mathilde l'attendait dans la serre vers une heure du matin. Jamais il ne furent troublés dans leurs doux entretiens. Ils avaient fini par négliger les plus classiques précautions, Mathilde s'oublia jusqu'à l'aimer dans sa chambre.

Ainsi, ils goûtaient le bonheur le plus pur depuis une année au moment où commence notre histoire.

I

— La tête un peu plus à gauche..., encore... là, bien !... une minute d'immobilité, je vous prie, Mademoiselle.

Assis devant sa toile, clignant fortement des yeux en regardant alternativement tantôt son œuvre, tantôt son modèle avec de petits mouvements de têtes brusques, étudiant, réfléchissant longuement, chacune de ses touches qu'il posait du bout d'un pinceau très fin, Jacques Ollivier achevait le portrait de Mathilde.

Un grand calme régnait dans le vaste atelier délicieusement aménagé dans le goût si fort à la mode et qui a été importé en France par « Liberty ».

Le silence n'était parfois troublé que par un léger bruit de papier froissé qui venait d'un angle où un énorme divan largement drapé mettait un coin d'ombre dans la grande pièce claire ; à demi-couché sur une pile de coussins, M. Secrestan, lisant un interminable numéro de journal à 12 pages. Gêné par tant de feuilles, il le tournait, le retournait à chaque instant.

Tout près, Mme Secrestan, assise dans un grand fauteuil, travaillait à un ouvrage de tapisserie, s'arrêtant parfois pour regarder le portrait superbement, bien venu de sa fille, elle roulait vers celle-ci un œil montrant la toile et sa tête s'inclinait en un lent mouvement d'approbation.

Jacques Ollivier avait du talent.

— Ainsi, vous partez ? dit brusquement Mme Secrestan.

Elle s'adressait à un jeune homme de 25 ans environ, qui à demi-allongé dans une balancelle de bois courbé, assistait à la séance placé juste derrière le peintre, il suivait avec intérêt le travail minutieux de la dernière minute. C'était un de ses camarades d'atelier, son ami le plus intime — ils avaient appris à se connaître et à s'aimer dans l'atelier du maître, J.-P. Laurens, où ils avaient fait longtemps ensemble des études bien sérieuses.

Il s'appelait Léon Mondüit — ne manquait pas de talent — assez riche, élevé par un père veuf de bonne heure qui l'avait laissé grandir à sa guise, il avait de brusques besoins d'escapades qu'il lui fallait satisfaire aussitôt sous peine de ne plus pouvoir travailler. Quand ça le prenait, en deux jours il avait fait ses malles, empilé des couleurs et des toiles dans une caisse et pffff!..... on n'entendait plus parler de lui pendant cinq ou six mois. Il avait ainsi visité le Maroc et le Sénégal et il avait séjourné près d'un an au Japon, commençant, disait-il, par les plus éloi-

gnées des contrées qu'il voulait visiter et qui l'atti-
raient.

Cette fois, il s'était proposé un voyage en Orient,
l'Orient classique... Mais il s'ennuyait un peu seul et
depuis quelques jours il travaillait Jacques pour le
décider à l'accompagner.

Mais Jacques résistait.

Certes la perspective d'un voyage au pays de la
couleur le tentait.

Mais, nous le savons, il avait des attaches trop
sérieuses pour hésiter.

Et Léon se heurtait toujours à un « non ! » obstiné.

A la question de Mme Secrestan, il se souleva légèrement dans son fauteuil à bascule, et se tournant
vers elle.

— Demain soir, dit-il.

— Et vous allez ?... reprit la dame.

— A Marseille d'abord, de là je m'embarquerai
pour Navarrin... puis je parcourrai l'Orient.

Il s'arrêta, en homme du métier, il suivait attentivement le travail de Jacques.

— Vous partez seul ? demanda encore Mme Secrestan.

Le jeune homme coula un regard vers son peintre
qui ne broncha pas.

— Peut-être dit-il, un de me amis refuse obstinément de m'accompagner... Mais je ne désespère pas
de le décider.

— D'ici demain soir.

— Dame, nous verrons bien.

Un instant le silence régna de nouveau, tous regardaient l'artiste qui avait pris un grattoir et qui, à petits coups enlevait délicatement une fausse touche sur le coin du sourcil gauche.

— Nous verrons bien... reprit-il après un instant de silence, en guignant le peintre, qui, tout à son œuvre, regardait attentivement la jeune fille.

Elle était adorable, en une délicieuse toilette de mousseline de soie vert nil très pâle, avec petits plis, avec des fleurs d'or brodées et peints, assise dans un grand fauteuil trianon, elle tenait à la main un œillet rouge mettant sur le fond de l'atelier une note d'exquise fraîcheur, d'adorable jeunesse.

Ah ! qu'il la trouvait belle, l'artiste.

— Et votre famille, que dit-elle de ce voyage ? questionna Mme Secrestan.

— Oh ! ma famille s'occupe fort peu de moi, répondit Léon. Depuis que mon père s'est remarié nous avons à peu près rompu. Voyez-vous, la situation d'un fils de mon âge dans une maison où une étrangère à pris la place de la mère, n'est guère possible. J'ai une assez belle fortune, mon père me laisse vivre à ma guise, je le vois très peu. Je crois d'ailleurs que son amour paternel a été singulièrement refroidi par la passion qu'il a pour sa nouvelle femme.

Mme Secrestan eut un murmure.

— Oh ! Monsieur Monduit !

— Je dis la vérité reprit-il. Et puis quand j'ai contrarié sa volonté en abandonnant la carrière qu'il

À TOI!...

m'avait choisie pour faire seulement de la peinture, il s'est fâché !

— Et il a eu raison ! s'écria M. Secrestan en se levant d'un saut ; fatigué de lire les nombreuses annonces de son journal il n'était pas fâché de se mêler à la conversation.

— Parce que, ajouta-t-il, je ne comprends pas qu'un garçon intelligent et riche comme vous s'amuse à fabriquer des tableaux !

Jacques se retourna vers lui et dit en souriant :

— Décidément, vous n'aimez pas la peinture, M. Secrestan.

— Si, si, dit celui-ci, la peinture ça fait bien... mais les peintres !

Un éclat de rire général accueillit cette saillie du vieux commerçant retiré après fortune faite.

— Il me semble pourtant que la peinture sans les peintres, murmura Léon Monduit.

— Ne m'en parlez pas, ne m'en parlez pas, criait M. Secrestan en levant ses bras qui en retombant frappaient ses cuisses. Ne m'en parlez donc pas, des gueux, tous, tous des débauchés.

— Oh ! papa, supplia Mathilde.

Jacques échangea un long regard avec la jeune fille, en disant :

— Ne vous dérangez pas, Mademoiselle, vous n'avez pas le droit d'écouter vous, vous posez.

— Pose donc toi ! appuya le père, ça t'amuse.

Puis se tournant vers le voyageur et le menaçant du doigt :

— Ah ! si j'avais été votre père ! !...

— Oh ! mon père m'a dit tout ce que vous pourriez
dire à votre fils, répondit Léon, mais il a eu beau me
sermoner, me prendre par les sentiments...

— Je vous aurais pris par les oreilles, moi.

— Oh ! Nicoh ! implora Mme Secrestan.

Un gros rire secouait les assistants.

— Je vous remercie, dit Léon pour conclure.

Mais M. Secrestan enorgueilli par le succès de son
bon mot, poursuivait en marchant à grands pas :

— Non ! tenez. Ça m'exaspère de voir que la peinture tienne une si grande place aujourd'hui dans une
nation intelligente comme la France. Quand je pense
qu'on livre aux artistes des locaux magnifiques comme
ceux du Grand Palais pour y exposer leurs produc-
tions.

Et il eut une moue de degoût.

Mais Léon un peu piqué lui répondit :

— Vous aimeriez mieux qu'on y exposât autre chose.
Des cuirs par exemple, de belles peaux, bien tannées, là !

— Vous me dites ça parce que j'ai été tanneur...
mais, ça m'est égal, oui Monsieur : Victor Secrestan,
grande tannerie « du Progrès » à Rouen... elle était
à moi... Je l'ai vendue pour me retirer avec une belle
fortune... ce que vous ne feriez pas avec votre métier
certainement. J'irai même plus loin : je dirai avec
vous qu'il vaudrait mieux exposer des peaux, de belles

peaux bien tannées, au moins, c'est utile ça... Voilà !

— Voyons papa, protesta Mathilde, oh !

— Mademoiselle... mademoiselle... vous posez...
dit en riant Jacques et frappant du manche de sa
brosse sur un coin de sa palette — puis il se tourna
vers le tanneur :

— Alors vous ne craindriez pas que l'odeur empes-
tât le plus beau quartier de Paris...

— Oh ! l'odeur, parlons en.., et votre peinture donc,
la térébenthine, pouah ! ! fit-il en reniflant.

— Décidément, dit Léon, vous n'aimez pas la peinture.

— Si, si la peinture ça fait bien, mais les...
Il s'arrêta... un coup de timbre annonçait quelqu'un.

On entendit des pas et un murmure dans l'entrée...
et la porte ouverte on vit un jeune homme remettre
sa canne et son pardessus au domestique qui l'intro-
duisait. Il entra dans l'atelier avec assurance. Très à
l'aise il alla droit à Mme Secrestan qu'il salua profon-
dément ; serra la main que Mathilde lui tendait et
prit dans un étreinte cordiale celles de Secrestan.

C'était le frère de Jacques, Gustave Ollivier. Plus
âgé de neuf ans que son frère, il lui ressemblait peu ;
habillé d'un complet sombre, il gardait une élégance
sévère très réelle. Grand, bien fait, brun d'un brun
châtain vaguement roussi avec une longue moustache
qui tombait légèrement sur sa barbe taillée en pointe,
les cheveux correctement séparés par une raie sur le
côté gauche il personnifiait d'une façon parfaite ce

qu'il est convenu d'appeler: un homme très bien.

Cette gravité qui pouvait paraître un peu excessive pour ses trente ans, lui venait de ce que tous deux, orphelins de bonne heure, il avait dû se charger de l'éducation de son jeune frère « Cadet » comme il l'appelait.

— Ah ! Monsieur Gustave ! vous arrivez bien s'écria Mme Secrestan, ils se disputent encore...

— Toujours, cria Secrestan.

Mais Gustave était venu se planter derrière son frère, il regardait le portrait.

— Superbe ! dit-il.

— Oh ! avec un pareil modèle... J'ai bien peu de mérite !

Un léger silence suivit.

— Tu pars décidément demain ? demanda le nouveau venu à Léon.

— Toujours !

— Seul ?

— Ce n'est pas encore sûr.

Tous étaient venus se placer derrière le peintre et le complimentaient.

Seul, Secrestan, toujours à son idée, avait pris Gustave par le bras et lui tapant familièrement sur l'épaule, il le montrait à son frère, en disant :

— Tenez ! voilà un jeune homme sérieux et comme je les aime, M. Gustave, il est médecin, ça c'est une position... je me demande pourquoi il a laissé son jeune frère se faire peintre.

— Mon frère a fait ce qu'il a voulu, répondit doucement Gustave.

Mais le peintre, d'un mouvement brusque s'était levé, posant pinceaux et palette, il s'écriait :

— Ça y est ! j'ai fini, Mademoiselle.

Mathilde accourut.

— Oh ! voyons !

— Comme c'est bien ma fille, dit Mme Secrestan. Elle l'avait prise dans ses bras et l'embrassait.

— N'est-ce pas, maman ? et toi, papa, qu'en distu ?...

— Oh ! moi ! je ne m'y connais pas.

Au fond il était très heureux de voir ce portrait terminé d'abord parce que ses discussions avec le peintre, quoi qu'elles fussent toujours sur le ton de la plaisanterie, l'agaçaient beaucoup et puis il commençait à être inquiet, croyant l'artiste en droit de lui demander d'autant plus cher qu'il aurait passé plus de temps sur son œuvre. Et puis il faut tout dire, il avait cru remarquer que le peintre et sa fille se parlaient bien dans les yeux. Aussi est-ce sincèrement enthousiasmé qu'il s'écria :

— Dans un beau cââdre il fera joliment bien dans le grand salon.

Cependant Mathilde profitant du courant d'admiration s'était glissée à côté de Jacques lui murmurait à l'oreille en lui serrant la main :

— Merci, mon peintre...

— Je t'aime, souffla Jacques.

Dans la voiture qui les emportait vers leur hôtel de l'avenue Marceau, les Secrestan causaient.

— C'est charmant, disait Monsieur, toutes ces petites machines qu'ils mettent dans leur atelier, ces sacrés peintres. Il faudra que nous en achetions aussi, ça fera bien.

Ah! mais... les peintres par exemple!... Ainsi ce Monsieur Monduit qui va rouler en Orient... si les sauvages pouvaient le manger, ça lui apprendrait !...

J'enverrai demain prendre le portrait et je le paierai. Je ne veux pas devoir à un de ces...

— Tu exagères, mon ami Monsieur Jacques est charmant.

— Allons donc. Tous des débauchés, des gueux.

Mathilde souffrait en silence.

*
* *

Le jour baisait lentement, l'ombre emplissait peu à peu l'atelier donnant aux objets dont il était bourré des teintes douteuses — si agréables à l'œil — si propres à la rêverie.

Jacques et Léon étaient restés seuls. Ils avaient allumé des cigarettes et dans l'atmosphère bleuâtre qui les enveloppait ils causaient :

— Eh! bien, je pars demain soir, dit Léon, décidément tu ne viens pas ?

— Tu sais bien que non !

— Tu me disais que tu voulais d'abord finir le portrait de Mlle Mathilde, il est fini, tu n'as plus cette raison !

— J'en ai d'autres !

Tu les connais, mon frère d'abord, et puis je n'ai pas assez d'argent.

— Très bien, écartons ces deux raisons — de l'argent, j'en ai... Ton frère, c'est une blague.

— Tu crois ! Léon tu ne connais pas les liens qui m'attachent à mon frère...

Et Jacques raconta sa vie à son ami :

Ils étaient bien jeunes lorsqu'ils perdirent leurs parents. Il était le cadet lui, un de ces tout petits malingres et chétifs auxquels il faut plus qu'à tous les autres les douceurs ineffables de l'amour maternel. Et voilà, qu'un coup de foudre soudain, lui enlevait celle qui l'avait mis au monde. Qu'allait-il devenir.

Il lui restait un frère heureusement. Il avait sept ans, Gustave en avait dix-sept. Il se fit un devoir sacré de lui rendre cette mère qu'il avait perdue et dont il avait tant besoin. Comment dire les soins et la tendresse dont il l'enveloppa. Il oubliait presque qu'ils étaient seuls au monde et il ne sentit pas autour de lui le froid et le vide horrible que trouvent les orphelins à mesure qu'ils avancent dans la vie. Il avait à côté de lui quelqu'un qui l'entourait d'une chaleur d'amour et savait trouver pour lui dans son cœur toutes les affections qui lui manquaient. Et cet être d'une bonté vraiment divine, il apprit à le chérir comme le meilleur des frères et à le vénérer avec

tout le tendre respect qu'il aurait eu pour sa mère. Ah!
ils étaient unis par un lien puissant. Leurs souffrances et leur bonheur, leurs pensées et leurs désirs
communs pendant de longues années. Si ce lien venait à se briser ils en mourraieut peut-être tous les
deux.

— Tout ce que tu me dis là Jacques, je l'avais deviné! Mais tu ne me feras pas croire qu'un voyage de
quelques mois ferait tant de peine que cela à Gustave. Il croit à ton talent et son plus vif désir est de
te voir arriver. Qu'y a-t-il de plus propre à dévelop-
per ton génie que le voyage que nous ferons ensemble?

Songes-y bien Jacques !

Nous nous embarquerons pour Navarrin, de là,
nous irons voir l'ancienne Arcadie et quelques ruines
grecques. Nous rembarquerons immédiatement pour
Napoli de Roumanie. Ensuite, nous nous dirigerons
vers Athènes et Sparte — et toutes les villes de Grèce
que nous pourrons visiter. Puis, embarquant de
nouveau, nous gagnerons Candie, ensuite Alexandrie, d'où nous commencerons notre voyage en Sy-
rie.

Hein ? Que dis-tu de cela ? Puis l'Arabie !

— Et l'Egypte donc ?... Et puis encore... je ne sais
pas... où nous voudrons. Crois-tu que ça ne vaut pas
la traditionnelle promenade à Rome, que l'on fait
faire aux couronnés de l'Ecole ?

Jacques était ébranlé, il songeait :

— Sans doute, murmura-t-il, tout cela est fort

beau... puis avec force : « Mais sérieusement... je ne peux pas !! »

— Oh ! je vois qu'il y a là-dessous quelque autre raison, fit Léon agitant la tête... une amourette, hein ?...

Jacques leva la tête.

— Et quand cela serait, si j'aime ?

— Fou !. . Allons donc !

— Tu ne sais pas ce que c'est que l'amour !

— Si... c'est bête !

Jacques prononça lentement :

— On voit que tu n'as jamais aimé !

Mais Léon « s'emballa » :

— Veux-tu bien te taire, si je n'aimais pas je ne serais pas un artiste ! L'amour est la plus belle manifestation de l'art. L'amour possède l'artiste tout entier. C'est lui qui fait passer ce cri d'admiration sublime que le monde écoute ravi, stupéfait. Il s'agit seulement de savoir de quelle façon tu comprends l'amour. Moi, j'aime la *Joconde*, et la *Vénus accroupie*. Et toi.

— Hélas ! soupira Jacques, moi j'aime une femme simplement en chair et en os !

— Je m'en doutais, Mathilde, la fille du tanneur !

— Léon.

— Tu ne dis pas non : Mais pour avoir cette fille... il faut te marier avec elle.

— Mais oui.

Léon eut un grand cri, levant les bras au ciel :

— Misérable !... tiens, je te battrais... tu parles
comme ton futur beau-père,

Mais Jacques ne se laissait pas émouvoir.

— Tu es charmant, dit-il... on voit bien que tu n'as
pas passé par là... Ah ! je voudrais bien te voir avec
un bel amour dans le cœur.

— Je l'en arracherais dit l'artiste avec une énergie
comique. Puis reprenant.

— Ecoute, maintenant, plus que jamais il faut que
tu partes avec moi.

Mais l'amoureux s'obstinait :

— Plus que jamais... je ne pars pas !

— Tu viendras, ou bien tu n'es qu'un philistin, là !

— Non.

— Si.

— Non.

— Nous verrons bien... à demain soir !

Et il sortit en faisant claquer la porte.

Jacques resté seul s'abîma dans une profonde rêverie. Cette mélancolie du soir entrant par la grande
baie vitrée, pénétrait son âme tout à l'heure si gaie.
Tout était devenu silencieux. Il s'était allongé dans
la balancelle, faisant face au vitrage, pour regarder
cette agonie du jour, de ce beau jour clair de la fin
février.

La nuit était tout à fait venue lorsqu'il fut tiré de
sa torpeur par le retour de son frère qui venait le
chercher : ils devaient dîner ensemble ce soir là.
Mais comme il était encore de bonne heure, Jacques
alluma une lampe, prit un bout de fusain et com-

mença à indiquer une esquisse sur un bout de toile
qu'il avait trouvé dans un coin.

— Léon insiste toujours pour que tu partes avec
lui, demanda Gustave.

— Toujours.

— Et tu pars?

— Non !

Un silence. Gustave regardait son frère travailler.

— Que fais-tu là, questionna-t-il?

— Il m'est venue une idée d'esquisse. *La veuve
d'amour.* Un coin de forêt sinistre. Sur le gazon flé-
tri, une femme tord ses membres nus dans un affreux
désespoir... et là-bas entre les arbres, une grande
forme voilée qui vole silencieusement emportant un
cadavre d'homme... c'est la mort... comprends-tu.

Jacques finissait en murmurant des vers :

> Pleure maintenant, ma belle éplorée
> Accuse le sort et maudis ton Dieu.
> Ta jeunesse encore n'est pas déflorée,
> Et tu n'as pas dit à l'Amour adieu.
>
> La douleur ne peut pas être éternelle
> Et par le vieux temps tout est effacé,
> L'oubli triomphant couvre de son aile
> Ces débris de nous qui sont le passé!

— Des vers, de qui sont-ils ? demanda Gustave.

— De moi, je les mettrai au bas de mon tableau...

Après un moment de silence, Jacques questionna
son frère :

— Dis... Gustave... Crois-tu que si je partais, Mathilde m'oublierait !

— Non, pourquoi, me demandes-tu cela ?

— Tu voudrais partir avec Léon ?

— Puisque je t'ai dit que non, dit-il en se levant avec impatience !

Les mains aux poches, debout, il regardait son esquisse.

Gustave l'observait. Après un temps.

— Tu aimes toujours Mathilde ? demanda-t-il ?

— Toujours !

— Pourquoi ne l'as-tu pas encore demandée en mariage à son père.

— J'ai peur.

— Qu'il te refuse.

— D'abord, dit Jacques en soupirant, ensuite j'ai peur... du mariage. Vois-tu je suis bien jeune... tout à l'heure Léon me le disait.

Gustave eut un sursaut.

— Tu as parlé de ton amour à Léon ?

— A peine. Oh ! si peu !

— Ton esprit est faible, Jacques, reprit le médecin. Tu hésites, l'amour que tu prétends avoir dans le cœur n'est pas vrai puisqu'il raisonne. Tu t'abaisses jusqu'à prendre l'avis des autres pour le sanctionner. Allons donc, frère, quand on a l'âme envahie par une de ces dévorantes passions on ne l'avilit pas en la discutant comme tu le fais. On va, froidement, résolûment, quand même on saurait trouver sous ses pieds un gouffre — et d'y tomber.

— Hélas ! j'ai peur du gouffre, moi, souffla Jacques.

Gustave Ollivier était parti dans une longue tirade, il s'exaltait :

Nous marchons tous, clama-t-il, sans trêve vers un sommet lumineux où se trouve le bonheur ! Le bonheur, c'est l'Amour. Pourquoi cherchons-nous la gloire et la richesse ? pour être aimés et triomphants pour acheter l'amour si nous n'avons pas d'autres moyens de le posséder. Etre aimé, voilà le rêve de tout ce qui respire, de tout ce qui vit. — Toi, tu es aimé. — Aimes-tu ? — Là est la question. — Tu es monté sur le sommet lumineux et tu te retournes pour voir la route parcourue, effaré d'être arrivé si vite. — Tu n'oses pas te jeter dans la joie. Tu mets la main sur ton cœur pour voir s'il bat toujours et tu cries stupidement à ceux qui sont en bas : « Suis-je heureux ? » Ne te doutes-tu pas de la réponse qu'ils vont te faire : « Non, non c'est bête ! descends, nous sommes plus heureux que toi ». Et tu les écoutes eux qui sont dans la fange... Ah ! tiens ! tu n'aimes pas Mathilde !

Jacques regardait son frère effaré, jamais il ne l'avait vu mettre une telle passion dans ses discours.

— Je l'aime, dit-il. D'ailleurs *il faut* que je l'épouse, oui je dois l'épouser.

— Tu me caches quelque chose, mon frère, je croyais qu'aucun secret ne pouvait exister entre nous.

Le peintre tomba à genoux et cachant sa face sur la poitrine de son frère.

— Pardon, tu as raison... et plus bas il balbutia :
Mathilde est ma maîtresse.

— Malheureux : Dès demain, entends-tu, il faut
que tu la demandes à son père.

*
* *

Le lendemain, dès dix heures du matin, Jacques
sonnait à l'hôtel Secrestan.

L'ancien commerçant était dans son cabinet soi-
disant de travail. Mais il ne travaillait pas.

— Qu'est-ce qu'il peut bien me vouloir se demanda-t-il quand le domestique lui eut remis la carte
de Jacques Ollivier ; c'est sans doute pour mieux
m'écorcher qu'il vient si vite ce matin, il ne perd pas
de temps... et les artistes ont l'air de mépriser l'argent. Des gueux ! !

— Faites entrer !

Jacques étouffé par l'émotion, était d'une pâleur
affreuse.

— Mon cher Monsieur, j'espère que nous allons
nous entendre dit Secrestan... Enfin ! qu'est-ce que
je vous dois pour le portrait de ma fille ?

— Monsieur, je... vous demande pardon, balbutia
l'amoureux... ça n'est pas de ça... dont je voulais
parler... je... je...

Il s'arrêta net — assommé, n'en pouvant plus. Mais
une réaction se fit. — il put dire d'une haleine.

— Monsieur, je ne sais comment j'oserai vous dire

cela.,. mais je n'ai pu voir Mademoiselle votre fille
sans être touché de tant de grâce... J'ai longtemps
cherché à étouffer les sentiments qui germaient en
moi, mais je n'ai pas pu... je l'aimais éperdûment...
Je crois que de son côté, elle ne me regarde pas avec
défaveur. Si vous vouliez... Si j'étais digne... Si je
méritais l'honneur d'être votre gendre...

Monsieur Secrestan avait pâli, puis jauni, verdi et
finalement rougi... la colère l'étranglait.

— Quel toupet, cria-t-il; puis se reprenant, il dit
d'un ton glacé :

— Monsieur, votre portrait est trop cher... Il n'entre pas dans mes moyens de vous le payer ce prix-là.
Je me trompais quand je croyais que les artistes ne
regardaient pas aux questions d'argent... Vous êtes
d'une assez jolie force et je dois avouer que votre
spéculation...

— Monsieur ! !... dit Jacques, bondissant sous l'ou-
trage.

— Songez ! reprit le bonhomme, que ma fille ap-
portera à son mari 800,000 francs de dot et vous
n'avez pas le sou.

— Mais, Monsieur, je travaille, je gagne largement ma vie et j'espère bien gagner celle de ma
femme, dit avec orgueil le peintre à qui les insultes
avaient rendu tout son aplomb. — Ça n'est pas pour
sa fortune que je vous la demande...

— Charmant ! ! persifla le père.

— On s'accorde à me reconnaître quelque talent
et j'espère bien...

— Oui, comptez la-dessus, interrompit le tanneur. puis s'échauffant: Ah! non! C'est trop fort. Je ne m'attendais pas à celle-là, par exemple.

— Mais, si votre fille m'aime, insinua le peintre.

Du coup Secrestan s'emporta :

— Elle!! Ça n'est pas vrai... il passait sa main sur son front. Ah! j'avais bien raison de me méfier et j'ai été idiot le jour où j'ai consenti à laisser faire ce maudit portrait. Heureusement, le mal n'est pas bien grand, tout peut se réparer...

— Monsieur, dit-il d'un ton glacial, je comptais vous payer votre tableau aujourd'hui, mais à la façon dont je vois que vous comprenez vos intérêts, je ne dois pas avoir assez à la maison... et, comme je ne veux plus avoir l'honneur de causer avec vous, vous aurez l'obligeance de m'envoyer votre facture acquittée... je solderai immédiatement! Attrape, murmura-t-il. Et il le poussa hors de son cabinet.

Tout cela s'était fait si inopinément et avec tant de rapidité que Jacques demeurait étourdi, effaré sans trop comprendre ce qui se passait.

— Insolent! monstre! insolent... grommelait-il en descendant l'escalier.

Et il pleurait rageusement, lorsqu'il se trouva sur l'avenue.

Eperdu, fou de douleur. il sauta dans le premier fiacre qui passa et courut se jeter dans les bras de son frère auquel il raconta la scène qu'il venait de subir avenue Marceau.

LE PORTRAIT

Gustave l'attendait. Il le consola de son mieux et dit enfin :

— Que vas-tu faire.

— Je pars, je pars ce soir avec Léon, j'irai dans les contrées lointaines d'où beaucoup nous reviennent avec des monceaux d'or. J'irai courir après la fortune, moi aussi, et j'essaierai de l'attrapper cette gueuse. Pourquoi ne deviendrai-je pas riche, ce monstre l'est bien devenu ! Et quand je serai de retour, si je ne meurs pas là-bas, j'irai lui jeter mes richesses sous les pieds en lui disant : « Tiens, tiens ! j'achète ta fille, te ne me la refuseras pas, maintenant.

— Jacques, dit doucement le médecin, la colère t'aveugle — calme toi, — tu n'as plus le droit d'abandonner Mathilde.

— Je ne l'abandonne pas, puisque je vais à sa conquête, gémit le pauvre amant en agitant ses bras désespérément.

— Il fallait tout avouer au père.

— Ah ! oui ! — il m'aurait encore plus insulté — je t'ai rapporté les jolies choses qu'il m'a dites... s'il avait continué, je l'étranglais ! !

Les deux frères se turent — en proie à de noires réflexions.

En cet instant Léon, affairé, venait voir si son ami était décidé.

— Eh ! bien, es-tu prêt, demanda-t-il ?

— Oui, oui, je pars.

— Parbleu, je savais bien. A demain donc, 8 h. 46

du soir. Sois prêt, je viens te prendre ici. Pour ce soir je file, j'ai encore une quantité d'emplettes à faire — à demain, cria-t-il encore, en fermant la porte.

Jacques étreignit son frère, et lui dit :

— Ecoute, Gustave bien aimé, tu verras Mathilde — tu lui raconteras tout — tu lui diras ma douleur. — Dis lui bien que je pars le cœur brisé de ne pas la voir !

Oh !... mais je ne puis.,. je resterais... et il faut que je parte. Oh ! mon frère, jure moi de veiller sur elle, garde là moi comme je te la laisse jusqu'au jour où je viendrai te réclamer ce trésor si cher et qui m'appartient. Car, vois-tu, je l'aime bien, Gustave !

Il resta quelques minutes le front penché sur l'épaule de son aîné. Il pleurait — un violent combat se livrait en son âme. — Il se sentait faiblir, lorsqu'une brusque vision ralluma sa colère : le père de Mathilde l'insultant ! Il se redressa :

— Je pars, je pars..., il le faut !

Et subitement agité par une rage froide, bousculant tout dans la grande pièce, il commença ses préparatifs de départ. Gustave vit bien qu'il n'avait rien à dire pour l'arrêter.

— Donc à demain soir, dit-il, tu n'as pas trop de la journée pour te procurer tout ce que tu veux emporter. — Ne te dérange pas — puisque je demeure sur le chemin de la Gare de Lyon — je vous attendrai chez moi — pour vous embrasser une dernière fois.

— Entendu !

Dès qu'il fut seul, Jacques marcha à grands pas vifs à travers l'atelier pendant quelques minutes. Il était trop troublé pour réfléchir à rien. Une seule idée emplissait son esprit : « Je pars demain ! je quitte Mathilde !... Je pars et je ne la verrai pas avant de partir. » — Cette idée éveillait en lui une émotion confuse et puissante. Des regrets cuisants, il l'aimait tant ! — « Si j'y allais, se disait-il... mais non, je ne partirais pas !... » — Un monde d'idées de plus en plus confuses, assaillaient son pauvre cerveau, le rendaient faible comme un enfant. Enfin, il raisonna.

En somme, il faisait ce qu'il devait faire. Il se montrait ce qu'il devait être — Mathilde l'approuverait — quand il reviendrait avec une fortune, elle le féliciterait.

Puis il prononça à haute voix, comme on parle dans les grandes recousses de pensée : Quelle brute que ce père !

Il avait déployé sur sa table une carte des pays qu'il allaient visiter. Mais il regardait sans voir, il examinait ces lignes assemblées qui lui paraissaient mystérieuses et sans aucun sens.

Il répéta encore à haute voix : Quelle brute !

Et il demeura immobile, songeant, le regard toujours fixé sur la carte.

Mais il ne voyait rien !

Les points noirs, les lignes multicolores se perdaient, se confondaient avec les tons tour à tour doux ou criards de la carte.

Finalement les mille signes de la convention géographique se mirent à danser une folle sarabande.

Le vertige s'empara de ses facultés; une idée bien nette s'était fait place dans sa cervelle:

— Si j'y allais!

Si j'y allais répétait-il machinalement, comme un homme ivre.

Ah! quelle lutte épique se livrait en lui-même!

Si j'y allais! Si j'y allais!

Y aller!

Oui, et comment ferai-je pour partir ensuite?

Y aller!

Certes il en avait plus le désir que de partir.

Des larmes emplissaient ses yeux.

De longs sanglots montant de sa poitrine lui étreignaient la gorge et l'étouffaient.

Il râlait.

Des sons inarticulés sortaient de sa bouche, tout son être était plein d'elle et cette phrase, qu'il retournait dans tous les sens. Revenait sans cesse à ses lèvres.

— Mathilde, je t'aime... Oh! je t'adore Mathilde.

— Puis brusquement la vision du père insultant se montrait et il répétait encore

— Quelle brute! quelle brute!

Pauvre amoureux!

Combien d'heures resta-t-il abîmé, inconscient de lui-même?

Combien de projets, tous plus fous les uns que les autres ne rêva-t-il pas?

Depuis l'enlèvement en automobile jusqu'au meurtre du père infâme!

Oh les douces émotions qu'il éprouva en se voyant dans une petite villa des environs : tous les deux seuls, loin du monde, perdus dans leur amour, dans un immense amour, ne vivant que de leur bonheur, loin de tous, n'ayant rien de commun avec les tanneurs enrichis.

Oh! la douce vision que celle de sa Mathilde posant pour lui tout seul, dans un atelier qu'il rêvait au fond des bois, les chefs-d'œuvre qu'il faisait, et qu'il montrait au monde éblouis!

Oh! la douce vision!

Alors le père rebelle venait faire amende honorable et se montrait fier d'avoir sa fille unie à un tel artiste.

Il rêvait... il rêvait.

Pauvre amoureux!

Pauvre fou!

Le temps passait et dans sa cervelle affolée courait toujours un monde de noires songeries!

Combien d'heures passèrent ainsi ?

Le grand cartel de l'atelier tinta...

Jacques machinalement compta :

— Une... deux... trois... jusqu'à douze.

— Minuit se dit-il, il est l'heure et cédant à la force de l'habitude il se prépara à sortir.

C'était l'heure où depuis plus d'une année, presque chaque soir, il se rendait à son rendez-vous avec Mathilde.

Le calme s'était fait tout à coup, il ne pensait plus

qu'à elle, il allait la voir…, prendre sa dose de bonheur quotidien qui était devenu indispensable à sa vie.

C'était l'heure où un charme indéfinissable s'emparait de tout son être, où un besoin des caresses de l'aimée le plongeait dans une béatitude inexprimable.

Mais au moment de sortir le père Secrestan apparut de nouveau à son imagination, laissant tomber une à une des paroles insolentes.

Oh ! L'hésitation le reprit mais la tentation était trop forte.

— J'y vais ! j'y vais cria-t-il comme fou !

Et sans plus songer il sortit.

L'air frais de la nuit calma un peu sa fièvre et c'est tranquillement, d'un pas assuré, qu'il refit le chemin tant de fois parcouru, le chemin du bonheur !

Pauvre amoureux !

Comme il les connaissait ces coins de rue, combien de fois ne leur avait-il pas raconté les exquises sensations qu'il éprouvait, lorsque saturé d'amour; les lèvres molles, les jambes brisées il retournait chez lui savourer son bonheur.

Ce soir-là ces fidèles compagnons lui paraissaient tristes et semblaient lui dire : ne pars pas, et il songeait que peut-être il n'aurait plus à leur raconter de douces choses.

Non !

Ce n'était pas possible ! il ne la perdrait pas, coûte que coûte il devait l'avoir.

Il remontait l'avenue Marceau, pressant le pas, il avait hâte d'arriver comme s'il eut craint de ne plus

la trouver, sa résolution était prise. Il devait partir...
gagner une fortune et revenir vite, vite la jeter aux
pieds du tanneur. Et c'est plus tranquillement qu'il
envisagea la situation.

La marche dégage le cerveau et donne aux idées
un cours plus régulier.

Il avait donc pris une sage résolution lorsqu'il arriva
au coin de la rue Bizet :

La voir, oh ! surtout la voir et lui faire comprendre
la nécessité de son départ.

Il commençait à revivre lorsque tout à coup une
sorte d'épouvante s'empara de lui, en voyant la
véranda fermée.

Mathilde avait l'habitude pour leurs rendez-vous de
laisser une baie légèrement entr'ouverte de sorte qu'il
pouvait pénétrer chez l'aimée sans attendre. Que se
passait-il ?

La fièvre le reprit brusquement et il se disposait à
escalader la balustrade pour appliquer son œil contre
la vitre lorsqu'il dut se retirer vivement. Vers l'avé-
nue, deux noctambules avinés passaient, chantant et
titubant.

Deux minutes ! deux siècles.

Enfin ils disparurent, il se rapprochait lorsque
l'éteigneur de becs de gaz déboucha de l'autre côté
de la rue.

Jacques dut marcher encore. Quel temps précieux !
qu'il aurait pu passer auprès d'elle. Enfin ! cette fois
il pourra voir...

Mais non !

Il est obligé de faire le passant pressé de rentrer chez lui pour ne pas attirer l'attention de deux agents qui l'ont aperçu et le regardent s'éloigner !

Quelle torture !

Pour éviter d'être guetté, il doit faire un grand tour et remonter vers l'arc de Triomphe.

Il revient bientôt.

Enfin, personne !

Vite il monte, applique un œil contre la glace.

— La serre est vide ! ! !

Là où Mathilde l'attend ordinairement, seul le sable de l'allée lui envoie un reflet blafard.

Oh ! combien il lui paraît triste, le nid de leurs amours.

Quel parti prendre ?

Que va-t-il faire ?

Que va-t-il devenir ?

En ce moment un noir présage lui passa par la tête, il eut la sensation cruelle, mais bien nette, qu'il l'avait perdue…, qu'il ne la verrait plus.

Il portait une bague que lui avait donnée Mathilde, il tapa sur la vitre, espérant encore…

Mais toujours personne !

Une idée subite éclaira son front.

Il savait qu'un palefrenier veillait toutes les nuits du côté de l'écurie. Tous les soirs une veilleuse éclairait une petite fenêtre à côté du magasin à fourrage. C'était là un signe certain de la présence des maîtres dans la magnifique demeure.

Jacques fit le tour et se haussant au-dessus de la grille il vit tout fermé, la fenêtre noire.

On devait être parti.

M. Secrestan, dans la journée, avait emmené sa femme et sa fille à Nice.

Le pauvre artiste reçut dans la poitrine un coup terrible, il ne put que se traîner jusqu'au premier *banc de l'avenue* et là, affolé, il pleura.

Il pleura longtemps !

Longtemps !

Il fut tiré de sa torpeur par un bruit de pas, et la silhouette encapuchonnée de deux agents faisant leur ronde le ramena au sentiment de la réalité !

Il se leva dans la crainte d'être pris pour un vagabond et instinctivement reprit le chemin de son atelier.

Oh ! ce chemin tant de fois refait, le corps plein d'elle, rempli de ses parfums.

Pauvre amoureux !

Les effets salutaires de la marche agissant de nouveau sur le cerveau changèrent le cours de sesidées.

Il finit par raisonner.

— Cela vaut mieux ainsi après tout. Si je l'avais revue aujourd'hui je ne serais pas parti, je le crains, le destin a voulu qu'il en soit ainsi,que le destin s'accomplisse :

C'était trop d'émotions pour sa nature sensible, ses nerfs exaspérés n'en pouvaient plus. Jacques ne savait plus, il n'existait plus, n'ayant plus la force de résister, il subissait son sort et c'est presque heureux de ne pas l'avoir revue qu'il se retrouva chez lui devant la carte déployée sous la lampe qui finissait de s'éteindre.

Les premières lueurs du matin éclairant les vitres de la baie le ramenèrent au sentiment de la réalité.

— Diable, je pars ce soir, je n'ai pas de temps à perdre.

Il trempa son visage dans une cuvette d'eau froide.

Cela lui fit du bien, il se sentit un autre homme, et presque gaiement il se mit à empiler des vêtements, des toiles, des brosses, dans des malles. Puis après avoir dressé une liste de ses achats il sortit. Toute la journée il courut des magasins.

Enfin, tout fut prêt.

*
* *

Le soir, ils décidèrent de dîner ensemble au buffet de la gare de Lyon. Puis ils passèrent sur le quai.— Les deux frères étaient brisés d'émotion.

Jacques prit encore Gustave à part.

— Dis lui bien au moins que je pars le cœur plein d'elle, que j'emporte son image gravée au fond de mon être, dis lui bien, mon frère, que si je pars, c'est uniquement pour la mériter, puisqu'il faut l'acheter à ce père stupide. — je reviendrai avec des monceaux d'or ou je ne reviendrai pas.

— Ne manque pas de lui dire, Gustave, que je n'aime qu'elle, que je ne vis que pour elle.

Il était sincère.

Hélas cœur changeant ! cœur de vingt ans !

Le train arriva. — Un rapide, très court n'ayant que six wagons.

Les deux voyageurs choisirent leurs places, puis redescendirent pour causer encore quelques instants avec celui qui resta — saisis soudain d'une immense tristesse, d'un regret violent de le quitter comme s'ils allaient le perdre pour toujours.

Un employé cria : « Marseille, Lyon en voiture ! » Ils montèrent — puis s'accoudèrent pour dire encore quelques mots. Gustave était monté sur le marche-pied pour embrasser une dernière fois son frère. — La locomotive siffla et le train doucement se mit en marche.

Jacques penché hors du wagon, regardait son frère immobile sur le quai et dont le regard le suivait. Et soudain, comme le train pressait son allure il prit avec ses deux mains un baiser sur sa bouche pour le jeter vers son frère en lui criant :

— Pour elle !... je l'aime tant !

Gustave répondit par un geste, hésitant, ébauché seulement, il murmurait :

— S'il l'aimait comme je l'aime... il ne partirait pas !

———

II

Les Secrestan possédaient à Fontainebleau une magnifique propriété où ils passaient la belle saison.

Par une chaude matinée de juillet Mathilde et sa mère assises sur des fauteuils rustiques travaillaient à des ouvrages de dames. Elles étaient sur une longue terrasse d'où l'on dominait le parc. Au-dessous d'elles une grande pelouse s'étendait en pente douce jusqu'à des massifs touffus d'arbres rares qui, masquant complètement les murs de la propriété, laissaient croire qu'elle ne faisait qu'un avec l'immense forêt qui couronnait les hauteurs environnantes.

Ah ! le bonheur devait habiter là !

Pas pour tous, hélas. — Celle qui semblait la plus faite pour lui, était malheureuse.

Elle ne se consolait pas du départ de Jacques.

Son frère avait eu beau lui répéter les belles paroles du voyageur... elle avait beau espérer... Elle souffrait, elle aimait ! — et l'objet de son amour ne lui apparaisait que dans le lointain — presque impossible à atteindre !

A ses souffrances s'ajoutaient d'autres maux : il
fallait qu'elle se défendît contre son père qui s'était
mis en tête de la marier avec le fils d'un de ses administrés, Ranvier, qui avait de belles espérances.

Aussi est-ce avec une molle langueur qu'elle tirait
l'aiguille ce matin-là — et comme toujours d'ailleurs,
elle n'avait de plaisir à rien !

Sa mère qui la regardait à la dérobée, soucieuse de
la voir s'étioler, demanda pour la centième fois depuis son installation à la campagne :

— Ne t'ennuies-tu pas à Belle-et-Bas ?

C'était le nom de leur propriété.

— Non maman.

— Hum ! reprit la mère — tu ne me sembles guère
plus heureuse ici qu'à Paris.

— Je t'assure que cela m'est égal, répondit l'enfant avec un adorable mouvement d'impatience.

La mère insista.

— Tu n'as qu'à dire un mot, nous reviendrons à
Paris. — Puis, si cela te plaît, nous reviendrons de
temps à autre faire une visite à ton père, qui certainement ne voudra pas quitter Fontainebleau.

— Pourvu que papa soit heureux, répondit-elle le
regard vague.

— Oh ! je te garantis qu'il l'est ! Ses nouveaux
amis, le maire, M. Ranvier, et le rédacteur de la
Gazette, Palluel, l'accaparent complètement, n'ont-
ils pas parlé de le faire nommer député !... Je crois
qu'il en deviendra fou.

La jeune fille répondit avec une profonde indifférence :

— Tu vois bien que nous devons rester ici.

— Que cela ne te retienne pas, — si tu t'ennuies, mignonne, je ne voudrais pas te voir mélancolique.. et tu l'es toujours, ajouta-t-elle avec tristesse.

— Je t'assure, protesta faiblement l'enfant, que non, ma bonne maman !

Et pour essayer de prouver qu'elle ne mentait pas, elle fit un effort pour paraître gaie.

Mme Secrestan ne fut pas dupe, mais elle en profita pour demander à brûle-pourpoint :

— Dis-moi, fillette — entre nous, comment trouves-tu M. Célestin, le fils de M. Ranvier ?

— M. Célestin... je ne sais pas.

— Comment, tu ne sais pas. Depuis que nous sommes ici, il ne quitte pas la maison.

— Je ne l'ai pas remarqué.

— Dis cela... Au fait, tu ne parles plus, — tu réponds à peine quand on t'interroge. — Ma fille, qu'as-tu donc ?

Et il y avait une angoisse poignante dans la question de la pauvre mère.

— Rien, maman, répondit obstinément la pauvre fille.

— Rien... rien... cependant... mais tu pleures.

— Non.

— Si, je l'ai bien vu... Une larme est tombée sur ton ouvrage. Elle la prit dans ses bras : Voyons, fillette, dis-moi ce que tu as sur le cœur...

Mathilde baissait la tête : Un gros chagrin, n'est-ce pas... Un chagrin d'amour... Mathilde tressaillit.
— Oh ! je devine, s'écria-t-elle... puis tout bas : tu penses toujours à lui ?

— Hélas ! répondit Mathilde dans un soupir.

— Tu l'aimes donc bien ?

A cette question, la pauvre amoureuse étreignit sa mère et fondit en larmes sur son sein, en lui disant, les dents serrées :

— Si je l'aime..... mère ! !

Une poignante émotion avait saisi la mère, qui bégayait... Voyons... voyons... Mathilde,.. Tiens, je pleure aussi. — Et toutes deux étroitement enlacées, s'abimèrent dans un long sanglot, tandis que montaient de la pelouse les exquises senteurs des plantes et chantaient les mille bruits de la belle journée de chaleur qui s'annonçait.

La première, Mathilde rompit le silence en disant avec une étrange voix de passion que sa mère ne lui connaissait pas.

— Je l'aime ! je l'aime, maman, de toute la force de mon âme, dit-elle. Je l'ai aimé tout d'abord sans qu'il ait rien fait pour cela. Je sentis que je lui appartenais tout entière, que cela était et devait être ainsi. Lui, ne voulait pas m'aimer, j'ai bien vu qu'il luttait. — Il me trouvait trop riche... mais je voyais bien qu'il finirait par me le dire... je lui ai tendu la main en lui jurant que je ne serais jamais qu'à lui. — Tu vois, maman, c'est bien moi qui ai tous les torts.

Mme Secrestan prit les deux mains de sa fille et, la regardant bien en face.

— Et lui, t'aime-t-il bien comme tu l'aimes? demanda-t-elle gravement.

— Oh! oui!

— Pourquoi est-il parti, alors.

— Tu sais de quelle façon insultante papa a accueilli sa demande en mariage.

— Oui, mais son départ a été bien brusque, devait-il se décourager ainsi? Pourquoi ne m'avez-vous pas tout dit.

— Je n'ai pas osé, mon père me faisait peur.

— Pauvre fillette, je crains que ton amoureux ne t'ai oubliée.

— Oh! non.

— Et son frère!

— Gustave?

— Connaît-il votre amour?

— Oui. C'est lui qui me donne de l'espérance et du courage. Il a loué une maison de campagne près de la nôtre pour venir parler de l'absent avec moi. — Il aime Jacques comme son fils, tu le sais.

— Mathilde, M. Gustave Ollivier ne t'aime-t-il pas?

— Oh! quelle idée tu as là maman.

Et la jeune fille devint grave.

La mère hochait la tête.

— Tu crois... enfin... et sa phrase finit dans un geste de doute...

Puis elle continua :

QUE VA-T-IL
ME
DIRE?

— Ecoute, ma fille, j'ai bien peur que tu ne sois malheureuse dans ton amour. — M. Jacques t'oubliera... Je voudrais me tromper... se hâta-t-elle d'ajouter en voyant la mine allongée de sa fille. Puis, au bout d'un instant :

— Ah! si c'était M. Gustave, — celui-là, j'en suis sûre, saurait t'aimer comme tu le mérites.

— Maman, ne parle pas ainsi, — Jacques m'aime et il reviendra.

— Je le voudrais pour te revoir heureuse.. — S'il revient et s'il t'aime toujours... eh bien, je te promets que tu l'épouseras.

— Oh! bonne mère. — Elle se fit câline ; mais tout à coup :

Mais mon père ?

— Ton père fera tout ce que nous voudrons, là, es-tu contente? — Et maintenant je ne veux plus que tu sois triste. — Vous allez sourire tout de suite, Mademoiselle.

Pour la première fois depuis trois mois, Mathilde riait franchement lorsqu'on sonna à la grille du parc. — Une bonne annonça M. Ranvier et son fils.

En les regardant venir, Mme Secrestan eut le temps de dire à sa fille :

— Tiens-toi sur tes gardes, fillette, voici l'ennemi!

*
**

De son côté, M. Ranvier père avait dit à son fils :
— Sois charmant, hein, sois spirituel.

— Oui, papa, avait répondu le Célestin, d'une voix flûtée.

Ils avançaient sur le sable de l'allée qui criait sous leurs pas.

— Comment, monsieur le Maire, vous abandonnez vos administrés au moment où la fête se prépare, dit en souriant Mme Secrestan, mauvais soldat ! vous désertez à l'approche de l'action.

C'était la fête du 14 juillet. Fontainebleau faisait les préparatifs d'une grande cavalcade historique, et le maire était sur les dents depuis quinze jours.

— Oh ! je leur ai laissé Palluel, Madame, et Palluel est un autre moi-même, répondit Ranvier. — Je venais seulement chercher M. Secrestan.

— Mais nous ne le voyons plus depuis que vous voulez en faire un député, il ne quitte pas les réunions électorales et les cafés !

— Il faut ça, il faut ça, dit le maire avec conviction ! alors il n'est pas là ?

— Il est parti de bonne heure... Eh bien ! et la cavalcade ?

— Ça marche, c'est-à-dire ça marchera tout à l'heure. — Nous avons d'abord le grand concours de gymnastique, qui va être superbe, mes administrés sont d'une force étonnante.

La cavalcade partira tout à l'heure ; je venais justement vous offrir la plus belle fenêtre de la mairie.

— Mais nous irons... Vous êtes charmant.

— Ce sera splendide, j'ose le dire. — Palluel, qui

l'a organisée, s'est surpassé, et il s'y entend, fit-il en clignant de l'œil, puis il dit avec emphase :

— Nous aurons le char de la République devant le char des tambours, et un tambour-major de la Convention, puis des hussards de la Convention, des sans-culottes de la Convention. Don-Quichotte et Sancho-Pança, et un chevalier armé de toutes pièces du temps de François Ier.

— De la Convention ! laissa échapper Célestin, pour être aimable.

Son père lui jeta un regard furibond.

— Ensuite, reprit le maire, nous aurons le char du commerce, — c'est la petite Baron qui fait le commerce.

— Gentille, la petite Baron, dit chaudement Célestin.

— Veux-tu te taire, — gronda le père entre ses dents.

Enfin, le soir, un magnifique feu d'artifice qui vient de Paris... d'ailleurs, voici un programme complet de la journée.

— Je vous remercie. Nous allons nous faire belles pour vos administrés.

— J'en suis fier pour eux, belle dame ! dit le maire avec emphase et prenant congé.

***

— Tu te moques de moi, dit furieusement M. Ranvier à son fils, quand ils eurent franchi la grille. Je te dis d'être spirituel et charmant, et tu restes plantélà comme une buse, ou si tu dis un mot, c'est pour dire une ânerie.

— Je suis timide.

— Tu ne l'étais pas le soir où je t'ai trouvé au café de Cluny, avec un tas de femmes que je ne qualifierai pas. Polisson ! tu fais mon désespoir.

Le fils ne paraissait pas très touché par les remontrances du père. Il dit :

— Mais enfin ! pourquoi veux-tu que je fasse de l'œil à Mlle Mathilde, elle ne me plaît pas.

— Faire de l'œil, — quelle expression de vaurien, elle ne te plait pas ; mais elle a 500.000 francs de dot.

— C'est joli, dit flegmatiquement le fils ; mais je ne veux pas me marier.

— Tu te marieras.

— Non.

— Tu te marieras, je te dis, j'ai tout sacrifié pour que ce mariage se fasse, tu crois que c'est par générosité que je me suis désisté de ma candidature en faveur de Secrestan ?

— Je ne sais pas moi !

— Innocent, Mais je suis sûr d'être élu quand je voudrai. Tandis Secrestan c'est une larve de député tout au plus ! une larve que je peux détruire ou transformer en papillon à mon gré... Comprends-tu, lui souffla-t-il dans la figure, comprends-tu maintenant : s'il t'accorde sa fille... il est élu, s'il l'a refuse, je le coule. Fils ingrat, je te sacrifie ma place à l'assemblée et tu rendrais ce sacrifice inutile.

— Tiens, papa, fit doucement le fils, je ne veux pas

t'abuser plus longtemps parce que tu es un bon garçon, mais si tu veux me croire, ne sacrifie pas ta
place... ce mariage ne se fera jamais.

— Il se fera, répétait obstinément le père.

— Jamais, nous ne nous aimons pas.

— Vous vous aimerez après.

— Tu es immoral, parole d'honneur ! Je ne me ma-
rierai pas, je veux continuer mon droit.

— N'y compte pas, mon petit, tu le fais d'une trop
drôle de façon ; c'est tout simplement pour revenir
faire la noce à Paris.

— Tu y es mon petit papa.

— Eh ! bien ça, jamais, tu resteras ici.

— M'en fiche ! je ferai des farces, je compromettrai
tes rosières.

— Malheureux ! moi qui les garantis !

— Ça m'est égal, veux-tu que je te dise papa, malgré tes principes républicains, tu es un tyran.

— Oh !

— Un tyran !

— Eh ! bien soit ! mais tu te marieras, oui, mon
ami... Tu te ma-rie-ras ! !

— Nous verrons bien ! pensa le petit, et il disait en
lui-même : « Je crois que j'ai trouvé un moyen pour
me faire envoyer à Paris. Il y a sur la place une ba-
raque de femme torpille, je vais l'enlever ! ça fera un
beau scandale, papa n'y résistera pas. D'ailleurs, la
petite Mathilde ne peut pas me souffrir, je vais tâcher
de lui parler. Nous allons essayer de conclure un
traité et nous entendre pour refuser de nous marier.

D'abord, je ne veux pas que papa abandonne sa candidature, ça pose au « quartier » un père député.

Ayant pris cette résolution, il ne chercha toute la journée qu'une occasion de causer seul à seul avec Mathilde.

Elle se présenta dans l'après-midi à la mairie au moment où la cavalcade passait.

Profitant du moment où tous se ruaient vers les fenêtres pour mieux voir, il avait décidé la jeune fille à venir le rejoindre dans une pièce qui servait de bureau et qui était déserte en ce moment en lui disant : « Il s'agit de notre bonheur ! »

Ils eurent la conversation suivante :

Un peu troublé, il commença :

— Mademoiselle... Mathilde...

— Seule avec vous, Monsieur...

Il pensait :

— Voilà la femme qu'on veut me faire épouser, de la glace ! Ah ! non, j'aimerais mieux la femme torpille !

— Eh ! bien, Monsieur, dit Mathilde, impatientée, d'un ton glacial.

— Mademoiselle... avouez... avouez que je ne vous suis pas sympathique.

— Mais, Monsieur...

— Ne dites pas non. Ça se voit et je devine le motif de votre froideur. Vous croyez que je veux vous épouser d'accord en cela avec mon père et le vôtre,..

— Mais...

— Rassurez-vous... Je ne vous aime pas.

La jeune fille ne put cacher sa joie :

— Ah !

— Je ne vous aime pas... c'est-à-dire entendons-nous bien... Je ne vous aime pas comme on veut que je vous aime. Soyez persuadée sans cela que je vous trouve tout à fait charmante ! Me permettez-vous de vous communiquer une idée que j'ai...

— Je vous écoute avec plaisir.

— Eh ! bien, voici : Mon père et le vôtre veulent que nous nous épousions, je ne suis pas tout à fait sûr de votre père, mais il est probable qu'il le voudra. Moi je suis un bon garçon et je ne voudrais pas faire de la peine à papa — vous, je suppose que vous ne voulez pas en faire au vôtre — alors, je vous propose ceci : ayons l'air de ne rien dire, d'accepter leur combinaison et puis quand ils croiront que tout est fini : Crac ! nous rompons.

Mathilde était devenue tout à fait aimable, elle était enchantée.

— Les parents sont adorables, ma parole, continuait Célestin, ils arrangent des mariages entre eux, comme ça, tout doucement et quand ils se sont entendus, ils daignent nous dire : « Tu sais, tu te maries demain avec Mlle Tartempion ! » — « Ah ! mais je ne l'aime pas ! » — « Ça ne fait rien, tu l'aimeras après ! » On obéit naïvement... et on est malheureux toute sa vie pour avoir voulu leur faire plaisir — ils appellent ça faire le bonheur de leurs enfants.

— Oh ! c'est bien vrai, dit Mathilde avec conviction.

— Ma petite théorie vous va ! C'est entendu alors ?
Nous sommes bons amis — et quand ils croiront
nous tenir, nous leur échappons.

Mathilde tendit sa main.

— Monsieur Célestin vous êtes un excellent jeune
homme.

— Pacte conclu, répondit Célestin en la baisant.

Et ils coururent vers les hautes fenêtres se mêler
aux spectateurs qui poussaient des « bravos ! » en-
thousiasmés par le char de la République qui passait
à ce moment devant la mairie.

Mathilde était d'une gaîté folle. — Mme Secrestan
s'en aperçut, en fut surprise.

— Tu es bien gaie, ma petite fille !

— Oui, maman, c'est M. Célestin, il est charmant...

— Comment...

— Oui, je te dirai...

Et elles furent toutes à la fête qui battait son plein
dans la rue et sur la place sous le grand soleil éblouissant

*
* *

Secrestan se donnait un mal de chien ! Pour soi-
gner sa candidature il avait dû s'occuper avec le
maire Ranvier de toutes sortes de préparatifs pour la
fête de la République.

Banquets à présider discours à prononcer ne lui
laissaient pas grande place à l'amour paternel dans
sa pauvre cervelle. — Il s'était dit pourtant bien des

fois en remarquant la tristesse persistante de sa fille :
« Aimerait-elle ce peintre ? » Mais tout de suite il
chassait cette pensée : « Ça n'est pas possible. Et il
était repris tout entier par ses occupations oratoires :
« Messieurs, Citoyens ! Electeurs ! pour la France...
la République, droits de l'homme, etc. !!! » Ah ! ce
n'était pas un métier de fainéant que celui de candidat. Et puis il fallait avoir une opinion bien nette et
il n'était pas bien sûr de la sienne — aussi ses discours lui donnaient bien du mal — quand il les avait
écrits... il fallait les retenir et les prononcer...

— Quand je serai élu, par exemple ! disait-il parfois, le forum ne me fera pas oublier que je suis
père !

Bref, le pauvre homme était ahuri... Il s'était pris
d'une grande amitié pour Gustave Ollivier devenu
leur voisin de campagne — parce que celui-ci lui
donnait des conseils, lui retapait ses discours — et
Secrestan n'était pas fâché de laisser croire à Ranvier
qu'il était bien vraiment un homme à la hauteur de
la situation qu'il voulait lui faire.

Gustave de cette façon était devenu l'intime de la
maison — et il pouvait s'entretenir avec Mathilde
en toute liberté du voyageur qui, hélas paraissait
bien peu soucieux de ce qui se passait à Paris.

Quatre mois ! il y avait quatre mois que Jacques
était parti et il n'avait reçu qu'une lettre laconique où
il parlait à peine de Mathilde. « L'aime-t-il encore,
seulement ? se demandait-il. Hélas ! cœur léger, cœur
de vingt ans, cela aime avec folie pendant un mois...

puis l'oubli... Pauvre Mathilde, elle l'aimait bien, cependant — Mais lui???

Dévoré par le doute, rongé par l'autre mal secret, Gustave Ollivier était malheureux.

Ce jour-là, un jour de fête, odieux pour lui — il était resté enfermé toute la journée dans son cabinet de travail — retournant dans sa tête un monde de tristes pensées.

Après dîner, il avait pris une petite rue déserte à cette heure où tout le monde se portait vers le lieu où était tiré le feu d'artifice. Il avait marché un moment par la route, mais il était rentré de bonne heure, la tête perdue, décidé à se coucher, espérant trouver dans le sommeil un remède à ses souffrances...

— Une lettre, Monsieur, une lettre d'Alexandrie, dit son domestique en lui ouvrant la porte.

— Ah ! donne Robin.

— Vous me direz s'il a pensé à moi, Monsieur Gustave?

— Oui, oui, mon bon Robin.

— Enfin ! murmurait-il en rentrant dans son cabinet et il décachetait d'une main fébrile la bienheureuse lettre.

Il était troublé, tremblant d'émotion et il se disait : « C'est bête, j'ai peur. Une lettre qu'on attendait avec fièvre et qui arrive enfin vous cause autant de frayeur que de plaisir. »

Il parcourut rapidement la lettre — poussa un cri de rage.

— Oh ! s'écria-t-il en portant la main à son front, oh ! Je lis mal ! ce n'est pas possible qu'il ait écrit cela... Lui... lui... Jacques, Mon frère !...

— Voyons, dit-il en relisant... des choses banales comme dans sa dernière lettre — pas un mot qui vienne du cœur — l'Orient... le soleil, tout splendide... allons tant mieux... Oh ! ceci...

« Je crois avoir laissé là-bas, une inconsolée que
« j'ai bien aimée. — La petite Mathilde, tu sais, j'ai
« eu la bêtise de vouloir l'épouser — j'en ai été bien
« puni. — Son père a répondu des injures à ma pu-
« dique demande. Je bénis trois fois aujourd'hui ce
« tanneur retiré des affaires qui m'a empêché de faire
« la plus grande bêtise que j'ai failli commettre dans
« ma vie. Si elle ne m'a pas oublié et si elle n'est pas
« la digne épouse d'un marchand de cuirs, prie-là de
« ne plus penser à moi, je n'ai pas envie d'affronter
« de nouveau son ours de père, je ne me hasarderai
« plus à demander sa main. Donc, je lui accorde
« liberté entière, un blanc-seing signé de mon pré-
« cieux parafe.

« Je suis à Alexandrie pour le moment, je gagne
« de l'argent ; les riches indigènes me font faire des
« portraits et les payent bien. J'aurai de quoi fournir
« une longue route. Je ne te donnerai pas mon
« adresse pour ne pas recevoir une lettre de morale
« du plus cher des frères. — Je ne te reverrai pas
« de longtemps, la seule pensée de Paris me donne le

« frisson ! songe donc, nous avons ici 40° de tempé-
« rature.

« Au revoir, je t'écrirai bientôt. quand je te croirai
« assez sage pour ne plus me parler de tout ce qui se
« passe là-bas. Vive l'Orient, frère !... Je t'aime et
« et t'embrasse mille fois.

« Ton

« Jacques. »

— Misérable ! hurla Gustave en tendant son poing
vers l'horizon qui juste à ce moment venait de s'em-
braser d'une quantité de gerbes multicolores.

C'était le bouquet du feu d'artifice — on entendait
au loin les murmures de la foule et ses applaudisse-
ments.

Chez les Secrestan il y avait une quantité d'invités
sur la terrasse de devant, merveilleusement placée
pour assister au spectacle.

Mathilde s'était réfugiée auprès de sa mère et venait de lui raconter son traité avec le jeune Ranvier.
La bonne mère qui adorait sa fille s'était fait sa
complice, heureuse de ne plus la voir triste.

— Tu l'aimes-donc bien ! mignonne.

— Si je l'aime, mère ! répondait Mathilde au moment
précis où Gustave, en apprenant sa défection, pous-
sait son cri de malédiction à son frère.

*
* *

Chez les Secrestan — au fond du parc — dans un

de ces adorables temples de l'amour dont on a tant
abusé au xviii° siècle. Mathilde le lendemain attendait Gustave Ollivier. Il lui avait fait dire qu'il avait
à l'entretenir de choses graves.

Elle était horriblement nerveuse — et pensait —
que peut-il avoir à me dire. Je tremble déjà, crai-
gnant quelque malheur.

Il arriva.

— Vous êtes bien seule, Mathilde j'ai quelque
chose à vous apprendre.

— Je tremble... votre frère... Jacques...

Elle le regardait anxieusement... il détournait les
yeux, puis elle avec un grand cri :

— Il est mort !

— Non... il vaudrait mieux peut-être.

Elle se raffermit.

— Vous pouvez parler, Gustave, je suis forte, je
vous écouterai sans faiblir.

Il pensait : comme elle l'aime, il dit :

— Son corps est vivant, mais son honneur est
mort — vous aimiez un honnête homme, aimeriez-
vous un lâche ? Pleurez amie, mon frère ne mérite
pas la pureté de votre amour. Je vous disais qu'il
n'était pas mort, il l'est pour nous.

Tendant la lettre :

— Lisez ! dit-il.

Et il pensait : pauvre fille ! Pendant que Mathilde
lisait avidement... A la fin elle bégaya :

— ... Cela n'est pas... pas possible. C'est lui qui a
écrit cela ?

— Oui.

— Vous mentez. Jacques n'est pas un lâche, il m'aime toujours... cela n'est pas possible qu'il ne m'aime plus... Oh ! elle poussa un grand cri et tomba à genoux, cachant sa tête par le banc de pierre.

— Mathilde !

— Non ! laissez-moi... Non !

Elle sanglotait désespérément, des mots entre-coupés sortaient de ses lèvres. Mon Dieu ! Mon Dieu ! arracher un cœur ainsi, disait-elle égarée, le jeter à terre pour le piétiner impitoyablement.

Prendre à une jeune fille sa pudeur et sa naïveté et l'abandonner après flétrie et desséchée, s'enfuir bien loin et se boucher les oreilles, pour ne pas en-tendre le cri du remords !

Descendre à ce degré dans l'infamie après avoir joué la comédie de l'amour vrai... Non... non... c'est impossible... Ollivier... nous sommes tous les deux le jouet d'un épouvantable cauchemar.

— Hélas !

— Mais non ! j'essaye en vain de m'abuser... cela est, dit-elle, en froissant la lettre. Je ne peux plus douter... et vous ne savez pas tout... j'étais la maî-tresse de votre frère, dit-elle en se levant.

— Je le savais.

— Je me suis donnée à lui comme je me serais donnée à mon époux, devant Dieu — sans remords — je lui appartiens — je suis déshonorée ! Je dois tout vous dire : l'infamie est encore plus grande que vous ne pensez... il n'abandonne seulement pas sa femme... il abandonne son enfant.

— Quoi ! s'écria Gustave, terrassé.

— Je vais être mère !

— Il ne me restera pas cette dernière et misérable ressource de cacher mon déshonneur aux yeux du monde, poursuivit-elle. Il éclatera bientôt devant tous. Et je ne pourrai fuir devant le mépris... on me montrera du doigt, mon père en mourra, dit-elle en cachant son visage entre ses mains — elle restait là, désespérée. — Un violent combat se livrait dans l'âme de Gustave.

— Que faire ?

A la fin il s'approcha et dit doucement, posément :

— Mathilde ! il faut que vous m'épousiez.

Elle releva la tête égarée.

— Vous ?

— Moi. Mon frère a contracté une dette sacrée envers vous, s'il ne la paie pas la honte rejaillira sur notre nom. L'honneur de notre nom, c'est moi que ça regarde, je suis l'aîné, j'offre de payer la dette de mon frère.

— Gustave, jamais !

La voix de M. Secrestan la fit se relever vivement et s'essuyer les yeux.

— Mathilde ! où êtes-vous donc, disait-elle. Vous jouez à cache-cache.

Mathilde courut se jeter au cou de sa mère.

— Qu'as-tu donc ? tu pleures, tu es toute pâle.

— Oh ! ma mère, je suis veuve, veuve de mon unique amour.

Le pauvre Secrestan resta ébahi.

— Que dit-elle ?

— Votre frère est mort, demanda vivement la mère à Gustave.

— Non, Madame, dit-il, puis, s'avançant vers Secrestan, il lui dit :

— Monsieur, l'heure est grave ! je vous dois une explication. Vous savez qu'il y a six mois, mon frère vous demanda la main de votre fille, désespéré par votre refus il partit, mais il était son amant !

Le pauvre homme hébété.

— Son amant !

— Il y a encore plus ! votre fille va être mère !

— Que dites-vous ?

— La vérité, mon frère aujourd'hui est mort pour moi et pour elle... l'honneur qu'il lui a pris, il ne reviendra pas pour le lui rendre.

Pâle de fureur, le père s'avança vers sa fille les poings serrés :

— Ma fille ! as-tu entendu ce que vient de dire, Monsieur, est-ce vrai ?

— Pardon !

Elle tomba à genoux.

Le père levait la main sur elle.

— Malheureuse ! répétait-il, puis il s'affaissa sur le banc et il gémit :

— Voilà donc le paiement de ma rude vie de sacrifices. Quand cette enfant vint au monde, je voulus

écarter de son berceau tous les soucis et toutes les douleurs que j'avais connus. Je travaillai courageusement pour lui gagner une fortune, me disant : Je veux que ma fille soit enviée et recherchée par tous, je veux que chacun de ses caprices soit une volonté, elle ne connaîtra pas les larmes et sera toujours heureuse. Mon nom que je lui gardais intact dans mes plus rudes luttes avec la misère, je voulais le lui transmettre sans tache. Ce nom elle l'a jeté dans la boue.... voilà ce qu'elle en a fait.

Il pleurait abondamment.

— Mon père !

— Laissez-moi.

Mais Gustave s'était approché et prenant la main du pauvre père, il lui dit :

— Mon frère a contracté envers votre fille une dette sacrée, je ne veux pas que la honte en rejaillisse sur notre nom, dont j'ai la garde depuis que je suis l'aîné. Je veux payer la dette de mon frère. Je vous prie de m'accorder la main de Mlle Mathilde !

— Brave cœur, Gustave ! je vous comprends, mais ce n'est pas à moi de répondre.

— Que réponds-tu à Monsieur, Mathilde.

Elle, suppliante :

— Oh ! mon père.

Mais Ollivier dit...

— Acceptez, Mademoiselle, sans crainte, vous ne serez jamais que ma sœur. Il y a mon frère entre nous.

— J'accepte.

— Votre main, Gustave, vous êtes un honnête homme.

*
* *

On pressa alors les préparatifs du mariage et l'on fut bientôt à la veille de cette union étrange.

III

Les premières lueurs de l'aube donnaient une nuance d'opale aux palmiers et aux bananiers gigantesques de la forêt lointaine : une gaze de vapeurs légères, agitées doucement était ballottée par la brise matinale.

La rivière était encore assombrie par l'ombre presque opaque des arbres penchés sur elle.

La teinte rosée du ciel se reflétait entre ses deux rives, où des buissons, dont chaque feuille était emperlée d'une gouttelette de rosée abritaient des frémissements d'ailes, des susurements vagues et mélodieux. Des ombres gigantesques glissaient sur le terrain clair.

Oh! l'admirable paysage, au signal du premier réveil de la nature donné par les oiseanx blottis sous la feuillée et s'éveillant dans leurs nids pour saluer d'un joyeux concert l'apparition du soleil dont les flèches d'or vivifient le monde et calment les plus grandes infortunes.

C'était dans la campagne d'Alexandrie, dans cette merveilleuse Égypte, berceau de l'art et du monde civilisé.

Deux hommes marchaient à bonne allure le long des rives accidentées.

Deux jeunes gens qui paraissaient rayonnants, le bonheur, la joie de vivre éclataient sur toute leur personne.

A leur harnachement, chevalets, pliants, toiles et boîtes il était facile de reconnaître deux artistes en campagne.

— Dépêchons-nous Jacques! dit l'un d'eux, nous allons encore rater notre effet, le soleil arrive vite dans ce sacré pays.

— Nous n'arriverons pas à finir nos études vois-tu si nous ne prenons le parti de camper là-bas, diable aussi, c'est loin, il faudrait ne pas se coucher pour être en place au moment voulu.

— Dis donc, mais elle ne serait pas si bête ton idée de camper! elle me sourit joliment.

— Je te crois, il y a longtemps que j'y pense.

— Et tu n'en parlais pas, fourneau va. Quant à moi je m'arrête pour respirer un peu et mûrir cette géniale conception.

D'un brusque mouvement d'épaule il se débarrassa de son sac et, s'asseyant dessus, il sortit une pipe qu'il se mit à bourrer.

— Vois-tu ça! mais elle m'emballe ton idée sacré Jacques. Va! tu seras toujours cachottier.

En voilà de la couleur locale! Un gourbi! sous la

tente ! Mais nous allons faire des chefs-d'œuvre. C'est entendu mon vieux nous rentrons à Alexandrie et nous nous mettons en quête de notre expédition. Par exemple j'exige un chameau ! et des almées, on va tâcher de décider la petite Vanda et sa camarade Léona à nous tenir compagnie. L'Orient sans femme, ah ! non ! alors.

Il nous faudrait aussi emmener deux ou trois types du pays qui nous serviront de modèle, et nous restons un mois dans le désert.

— Hum ! le désert... peuplé d'anglais !

— Bah ! tu sais bien qu'il y en a partout.

Jacques avait imité son camarade et, s'étendant de tout son long à côté de lui, il dit.

— Crois-tu ! quand je pense qu'à cette heure, en ce moment-ci il y a des gens à Paris qui pataugent dans de la boue, enveloppés dans d'horribles pardessus !

— Ne m'en parle pas fit Léon en envoyant une bouffée de fumée vers le ciel qui devenait tout à fait bleu.

— Je ne comprends pas comment il peut y avoir des gens assez peu avertis pour rester, vivre et mourir dans des pays pareils. Fi de la vieille Europe !

— Ah ! l'Orient ! l'Orient.

— Oui, je n'admets pas qu'un peintre essaye de peindre ailleurs qu'en Orient ! Cette transparence de l'air où la prendrais-tu ?. Ah ! Je crois que j'ai trouvé ma voie ! depuis que je suis ici je me sens tout autre. je vois l'art sous une autre forme.

Non ! la Grèce ne m'a pas emballé ! c'est beau certes ! mais ça me rappelle trop le Louvre.

Ah ! cœur changeant, cœur d'artiste ! cœur de 20 ans ! c'est Jacques, qui parle ainsi, et écoutons. O ! comble d'horreur !

— Quand je pense, continua-t-il, que j'ai failli me marier...

C'est lui, c'est l'amoureux affolé que nous avons vu gémir qui n'hésite pas à tenir de pareils propos.

— Cette pauvre petite Mathilde, elle était bien gentille, ah ! je l'aimais bien... et encore, mais quelle folie, un artiste n'épouser *qu'une* femme ! Ah ! vois-tu Léon, je crois que tu m'as rendu un fier service et Monsieur le tanneur son père aussi, en m'empêchant de faire cette bêtise.

Je le sens, je suis parti, je vais faire des merveilles, je me sens maître de moi, de toutes mes facultés. Ma parole, j'ai envie de m'installer ici à vie, il fait bon se laisser vivre, en travaillant, en se livrant tout entier à son art. Et Jacques s'étirait paresseusement au soleil qui devenait très accablant. Il se leva brusquement ! Ce n'est pas tout dit-il, il va faire chaud tout à l'heure, rentrons vite et mettons-nous en quête de tout ce qu'il nous faut pour passer notre mois dans le désert.

Ce disant, ils reprirent leur bagage et allègrement ils recommencèrent, sous le soleil lourd, le chemin qu'ils venaient de faire et qui les ramenait vers Alexandrie.

— Ce qui me fait plaisir, répétait Jacques en s'épongeant le front, c'est de penser qu'il y a en ce moment des gens qui pataugent sur le pavé glissant dans de la neige fondue. Paris ! comme c'est loin.

Nous ne pouvons malheureusement montrer Jacques et le suivre de succès en succès, dans ce pays qui l'avait *empoigné*, suivant sa propre expression, au point de lui faire oublier ceux qu'il aimait, et renier presque le pays qui l'avait vu naître.

Non pas que Jacques fut un mauvais homme ! Non certes, il était au contraire d'une nature douce et sincèrement aimante, mais comme l'avait dit son frère, ce cœur d'artiste de vingt ans ! tout au présent ! L'avenir est si loin pour la jeunesse. Et puis, il s'était senti affolé en se voyant maître de son art, la sève montait en son cœur plein de rêve, il avait conçu plusieurs tableaux qu'il voulait exécuter, son sang bouillonnait, entièrement pris par le démon de la peinture, Jacques ne s'appartenait plus.

Peut-être au fond n'avait-il pas oublié tout à fait Mathilde. Ce qu'il y a de certain, c'est qu'il n'avait jamais songé à la possibilité d'une grossesse.

Folle jeunesse.

Ceci dit, fera sans doute pardonner sa conduite blamable en tous points, mais combien cruellement expiée dans la suite !

Dans ces pays où les artistes de talent ne font que passer, Jacques avait eu de rapides succès, d'un extérieur agréable, aimable quand il voulait, la haute société s'était vite arraché le jeune maître. Il faisait en ce moment le portrait du Khédive, et celui-là lui en avait fait commander plusieurs autres.

L'argent ne lui manquait pas, et la fortune qu'il était venue chercher arrivait à grands pas, mais Jacques n'y songeait plus. Il était choyé dans ce pays qu'il adorait, et il avait fini par ne plus penser à rien.

Il s'était installé d'une façon toute orientale, un magnifique atelier dans une demeure princière, et là il se partageait entre son art et de folles parties de plaisir.

Il travaillait à deux grandes toiles, deux œuvres qu'il voulait maîtresses, pour plus tard, quand il rentrerait en France, mais ça lui semblait si loin... si loin.

Une seule chose venait parfois troubler sa quiétude. Jacques craignait son frère ! il l'aimait à la folie, mais ce grand frère, un peu son père puisqu'il était beaucoup plus âgé que lui, lui en imposait, et s'il évitait de lui écrire c'était dans la crainte terrible, au fond de lui-même, de recevoir des remontrances qui le touchaient beaucoup au sujet de sa conduite envers Mathilde, conduite qu'il jugeait sévèrement lui-même quand parfois il y pensait.

Mais emporté dans le tourbillon, il n'y pensait que rarement, uniquement parce qu'il n'avait pas le temps de penser; nous l'avons dit, il avait un fond essentiellement bon.

Il espérait en l'avenir, voilà... loin... très loin !

Voilà où en était notre peintre environ quatre mois après son départ.

Insouciant, heureux, tandis que se déroulaient les malheureux événements qui devaient lui faire expier d'une façon si cruelle ces courts instants de bonheur.

IV

Belle-et-Bas était en fête pour célébrer le mariage de Mathilde avec Gustave Ollivier. « Acceptez Mathilde, vous ne serez jamais que ma sœur, il y a mon frère entre nous ». Cette phrase revenait sans cesse sur les lèvres de la pauvre abandonnée. C'est grâce à elle qu'elle avait accepté l'époux imposé par les circonstances et qui devait lui rendre l'honneur, car elle ne supposait pas qu'elle pourrait aimer un jour cet homme dont le caractère lui était apparu si grand cependant. Elle avait une grande admiration pour lui, de la tendresse même, mais l'amour, son premier amour de vierge était trop profond pour qu'elle puisse l'oublier. Elle aimait toujours Jacques, pourtant elle pensait « Noble Gustave ! oh ! comme les deux frères sont peu ressemblants. Savais-je en aimant Jacques ce que je faisais et que seul celui que je n'avais pas seulement remarqué était digne d'amour ! » Et Mathilde était toujours triste.

— Sera-t-elle heureuse ? oubliera-t-elle, l'autre

pour aimer son mari se demandaient anxieusement le
père et la mère, en la voyant toujours sur le point
de pleurer.

M. Secrestan maigrissait et cela l'inquiétait
beaucoup. « Un joli polisson! pensait-il souvent à
propos de Jacques, il y a trois hommes que je dé-
teste cordialement c'est lui d'abord, puis Ranvier et
Palluel. Ah! ceux-là se sont bien moqués de moi. »

Ici il faut dire que les élections avaient bien mal
marché pour le candidat! M. Ranvier qui ne cé-
dait sa candidature que pour avoir sa fille pour son
fils, s'était porté contre lui dès qu'il avait su que
Mathilde devenait la femme de Gustave. Une chose
consolait pourtant le pauvre blackboulé c'est que
Palluel, le journaliste, plus rusé que tous avait pré-
paré de longue main sa candidature en dessous, de
sorte que le jour du scrutin c'est lui qui était sorti de
l'urne avec une grosse majorité. Secrestan lui, avait
eu dix-sept voix, juste ses amis du cercle et ses do-
mestiques. Quant à Ranvier, il était furieux! Mais
Palluel à force de protester de son innocence avait
fini par le convaincre et le consoler en lui promet-
tant de le faire nommer sénateur en remplacement
du premier qui décéderait. Dans tout ça il n'y avait
que lui Secrestan qui n'avait pas fait ses frais... et ils
étaient gros ses frais.

Aussi, il était guéri de la députation et il s'était
juré de se consacrer uniquement au bonheur des
siens.

Le jeune Ranvier avait tenu sa promesse, le soir

de la cavalcade il avait enlevé la petite Baron (du char du commerce) qui devait être couronnée rosière le premier dimanche d'août.

Aussi son père découragé l'avait renvoyé à Paris... faire son droit jusqu'au doctorat et même plus.

Voilà donc où en était le père Secrestan au moment du mariage.

— Sera-t-elle heureuse demandait-il à sa femme souvent.

Elle répondait :

— Oui, Gustave est un noble cœur.

— Elle pleure.

— Ça lui passera... elle l'aimera.

Cependant Gustave Ollivier souffrait aussi cruellement — car il se demandait souvent si c'était bien pour faire son devoir qu'il épousait Mathilde ? En réfléchissant bien froidement en cet instant suprême, était-il bien le dévoué chevaleresque que tout le monde admirait ? — Il avait peur de n'être seulement pas un honnête homme ! — Oh ! cette lie d'égoïsme qui est au fond de tous les cœurs, il la sentait dans le sien et l'amertume lui en remontait aux lèvres... Il aimait Mathilde !.... Il avait été jaloux quand il avait appris qu'elle était la maîtresse de son frère ! — Mais il avait su imposer silence à ses transports furieux et il avait dû faire le sacrifice de son amour.

— Maintenant elle allait lui appartenir et cependant il n'avait pas le droit de l'aimer. — S'il l'aimait, il l'avait trompée en lui disant qu'il ne serait jamais que son frère ! — La puissance humaine a des bor-

nes et ce qu'il lui avait promis, il craignait de ne pas
le tenir. — L'aimait-il vraiment ? — Oui ! — à la folie ! — Qu'allait-il faire lorsque le prêtre en les bé-
nissant mettrait sa main dans la sienne ! — il n'avait
jamais cessé de l'aimer!! Alors ! Qu'allait-il faire?
Misérable fou qui avait peur de se brûler et se jetait
dans le brasier!!! Elle aimait encore Jacques cela
était certain et lui... elle ne l'aimerait jamais !!
quand il y songeait, le sang affluait à son cerveau
et l'aveuglait, — Il était jaloux ! jaloux de son frère!
— il le haïssait et pourtant... il l'aimait — Dieu bon!
qu'allait-il advenir de tout cela ?

— Elle va m'appartenir se disait-il encore et si je
la veux elle est à moi. — Elle sait que je suis affolé
d'amour et peut-être elle à peur... car elle ne m'aime
pas — avoir le corps quand l'âme est à un autre
cela serait infâme... et pourtant l'aimer à deux genoux comme ces visions blanches qui passent dans
les rêves, la savoir à moi... et ne pas la prendre est-
ce possible.

C'est horrible...! ce que je souffre.

Je lui ai dit : vous ne serez jamais que ma sœur !
Et je ne mentais pas — mais j'ignorais quel désir
féroce secouerait mes nerfs quand je serais à la porte
de la chambre nuptiale, — et qu'il me serait dé-
fendu d'en franchir le seuil. — Il y a de la brute au
fond du cœur de l'homme le plus parfait; la brute
s'éveille en moi.

J'ai soif d'amour!!

J'ai menti quand je lui ai juré de ne pas la prendre,

j'aurais dû lui dire que je me sacrifiais pour lui rendre son honneur mais que pour prix de mon sacrifice elle devrait me livrer le cadavre de son corps.

— Oh ! je la veux ! je la veux répétait-il en frappant son front de ses deux poings crispés.

C'est dans cet état d'esprit que le malheureux subit les longues et ennuyeuses cérémonies de la mairie et de l'église.

Doué d'une volonté de fer, il sut être parfait tout le jour et paraître complètement heureux. Mais le soir lorsqu'ils furent enfin délivrés des invités et de leur insupportable gaîté, il était anéanti.

Mme Secrestan épargnant à sa fille les conseils d'usage en pareil cas, avait simplement dit à son gendre : « tâchez de vous faire aimer ».

Quand les deux époux furent arrivés chez eux, ils entrèrent d'abord dans le salon où les attendait comme en haut dans leurs chambres du feu et de la lumière. Elle eut mieux aimé sa chambre tout de suite redoutant une explication, car elle avait bien senti de suite avec son intuition féminine que son mari l'aimait et elle voyait bien sur son visage les traces des rudes attaques qu'il avait à repousser. Gustave jouissait de la voir près de lui réelle et bien vivante après l'avoir tant rêvée, et cependant il souffrait le martyre de n'avoir pas le droit de la toucher : « C'est maintenant que je vais être le plus malheureux ! pensait-il, quelle chose épouvantable ! »

Elle se dégagea de sa fourrure et droite devant lui la main sur son épaule.

— Nous avons bien du mal ! mon pauvre mari. Essayons à force d'amicale tendresse et de dévouement mutuel de vivre côte à côte en oubliant le passé. — Je vous dois beaucoup — je m'acquitterai peut-être. Ayons confiance — Dieu nous aidera, vous verrez.

Nerveux ils se turent. Puis elle tendit son front :

— Embrassez votre sœur murmura-t-elle.

Il l'écarta presque en colère.

— Votre chambre est prête ! Montez ! Je resterai ici.

Mais la voyant si tremblante, il chercha des excuses à sa cruauté.

— Pardon ! je souffre ! c'est plus fort que tous les raisonnements...j'aurais peur...

Elle comprit et le plaignit de toute son âme.

Elle lui tendit la main résignée :

— Bonne nuit alors.

L'escalier craqua sous sa bottine. Il entendit des voix de femmes et les bonnes descendirent bientôt.

Il la savait seule. Secoué d'une tempête intérieure il finit par se jeter sur le divan pour y passer la nuit. Mais comment dormir dans l'inquiétude de sa présence et de leur volontaire séparation ? — Il s'accusait de bêtise et de folie. Dix fois il se leva. « J'y vais ! ». Il s'arrêtait avec des larmes de rage.

Enfin il n'y tint plus et monta.

Il voulut se cacher en trouvant la porte de la chambre grande ouverte. Mais elle l'avait aperçu. Elle était dans un fauteuil, songeuse. Ses bras, son cou *restèrent* nus dans le coquet vêtement de nuit qu'elle avait passé. Au fond, la robe blanche de mariée mettait des reflets de satin, étalée sur un sofa. La lampe sur la table de nuit rabattait sa lumière sur un grand lit bas entr'ouvert.

Cette vision l'affola.

— Pas encore couchée ? dit-il en manière de contenance. Appuyé sur le chambranle de la porte il parlait bas la bouche sèche de désir... vous ne craignez pas d'avoir froid ?

Il ferma les yeux pour pouvoir résister.

Une pensée le fit tressaillir : « Peut-être ne demande-t-eile qu'à m'aimer, à me donner cette joie. » Mais une autre brusquement le fit redevenir mauvais. « Malgré tout, s'il était là, lui l'autre, s'il l'appelait, rien que d'un signe, elle se jetterait dans ses bras ! »

Ce fut un pli féroce au front qu'il bégaya:

— Bonne nuit !... ma sœur !

Oh ! l'abominable nuit de noce !

*
* *

Ils commencèrent la vie commune — semblable aux yeux de tous à celle de tous les jeunes époux — et pour le monde, ils étaient heureux.

Hélas ! la vie a de ces cruautés.

Trois mois après, Mathilde accoucha d'un enfant bien avant terme, d'un enfant mort.

Cette circonstance fut plutôt agréable au pauvre

époux. Après sa convalescence qui fut longue, la jeune femme se sentit tout autre. Il lui semblait que ne portant plus en elle le fruit de leur amour elle se détachait de Jacques. Sa délivrance la délivrait l'oubli venait, elle comparait les deux frères, parfois une colère l'emportait; elle se reprochait de n'avoir pas vu de suite les grandes qualités qui maintenant devenaient éclatantes pour elle de son mari, et regrettait amèrement les souffrances qu'elle lui imposait, elle se sentait douce envers lui. Voyant qu'il l'aimait tant, elle s'en attristait et s'en effrayait. « Pourrais-je complètement oublier l'autre... son frère ?? »

Lui en apparence très calme, toujours bon, n'avait pas changé. Il était toujours le même homme. Elle n'était plus la même femme.

Ils n'étaient plus séparés maintenant que par des choses imperceptibles, mais fortes comme ces influences de l'air qui font vivre ou mourir.

L'oubli gagnait doucement... elle était tout près d'aimer son mari.

Lui, dans sa douleur ne sentait pas le travail secret qui se faisait dans l'âme de sa femme.

Il était devenu muet, sombre.

Certes les premières heures de leur mariage avaient été presque faciles, parfois délicieuses. — Après la terrible poussée de la nuit de noce, il était arrivé, en un homme fort, à refouler bien au fond de son cœur son désir qu'il jugeait coupable; il se contentait de la voir et de la revoir.

QUAND JE T'AI LÀ...

Mais brusquement le mal l'avait repris de nouveau violent, impossible à arracher. Il savait, il voyait sans cesse ce qu'il voulait et c'était une torture. Il n'aurait plus désormais le courage de souffrir et de se taire, il fallait qu'elle fut à lui tout entière ou son dessein était bien arrêté il allait la fuir.

Combien d'heures il passa à lutter lorsque le soir après le dîner ils restaient l'un près de l'autre dans un petit salon causant de choses indifférentes, combien de fois il avait repoussé le désir fou de la prendre entre ses bras.

Un soir en proie à une de ses crises, il lui prit doucement la main et la regardant avec des yeux suppliants il soupira :

— Mathilde, je souffre.

— Hélas !

— J'ai dans le cœur une profonde blessure... parlez-moi. Les femmes ont le secret des douces paroles qui versent du baume dans les cœurs blessés.

— Je souffre aussi bien cruellement Gustave.

— Vous aimez ?

— J'ai aimé fit-elle avec un soupir.

Gustave dit en hochant la tête :

— Quand les souvenirs du temps où l'on aime font souffrir, c'est qu'on aime encore.

— Non ! l'on n'aime pas quand l'objet chéri, n'est qu'une fiction. Et je n'ai jamais aimé qu'un rêve.

— Vous songez à Jacques ?

— Jacques était la fausse incarnation de mon rêve.

Il s'est fait voir tel qu'il était et j'ai perdu ma pauvre illusion. Je ne lui en veux pas. S'il ne m'a pas
aimée comme je l'aimais c'est que nous n'étions pas
faits l'un pour l'autre... c'est moi seule qui me suis
trompée.

— Hélas !

— J'avais bâti mon idéal d'amour et je l'adorais
secrètement dans un coin de mon cœur. Je connus
votre frère et bercée par le charme trompeur de ses
douces paroles, je crus à la réalité de mon rêve. Ce
fut pour moi une ineffable joie de m'abandonner entièrement car il me semblait aussi impossible de n'être
plus aimée de lui que de penser seulement à lui être
moi-même infidèle. Quand j'ai vu que je me trompais et
que le rêve invoqué se brisait sous mes yeux, il s'est
trouvé que son fantôme adoré était toujours debout
sur l'autel que je lui avais dressé. La réalité seule
était fausse et le mensonge était la vérité.

— Vous n'avez plus l'espoir d'aimer, demande
Gustave avec anxiété?

— Non, répondit Mathilde, je suis éternellement
veuve. Ah ! si j'avais été seule au monde, je n'aurais
pas accepté le généreux sacrifice que vous m'avez
fait en m'épousant. Mais j'ai mon père et ma mère,
je n'avais pas le droit de déshonorer leur vieillesse.
Je me serais embellie dans l'ombre et j'aurais vécu
avec le spectre de mon pauvre amour.

— Que dites-vous là, pauvre femme ! Croyez-vous
pouvoir receler éternellement une telle flamme sans
qu'elle vous consume. Oh ! je croyais souffrir, mais

votre torture est plus affreuse que la mienne. Un cœur de vingt ans se murer ainsi dans le désespoir. Ah ! tenez, mon frère est bien méprisable et bien lâche de vous avoir ainsi méconnue.

— Non, Gustave, dit doucement l'adorable femme. Votre frère n'est pas coupable, vous dis-je. Je me suis trompée. C'était à moi de comprendre qu'il n'était pas digne de mon amour. J'ai commis une faute, je l'expie.

— Ne suis-je pas frappé avec vous, Mathilde ? Jacques aura fait dans sa vie bien du mal à tous ceux qui l'ont aimé...

Un silence se fit lourd...

— Vous ne savez pas tout, dit-il, en lui prenant doucement la main, quand vous lui apparteniez je vous aimais aussi à la folie.

Mathilde feignit l'étonnement.

— Vous m'aimiez ! ! !

— Oui, je vous aimais saintement et j'appris qu'il avait fait de vous sa maîtresse. N'ai-je pas aussi brisé mon rêve incarné alors ? J'ai voulu refouler cette passion dans le fond de mon âme. Mais je n'ai jamais pu y parvenir, je vous ai toujours aimée... et... gémit-il, je vous aime encore éperdûment.

— Pourquoi alors m'avez-vous épousée ?

— Pourquoi, balbutia Gustave...

— Oui, si vous m'aimiez.

— Je vous l'ai dit, pour vous rendre l'honneur que vous avait volé mon frère.

— Etes-vous bien sûr que ce soit seulement pour

cela ? En acceptant votre sacrifice j'en comprenais toute la grandeur et je vous admirais... Mais vous m'aimiez, dites-vous?... Savez-vous vous-même si vous n'avez pas obéi à une impulsion de votre égoïsme et si vous ne caressiez pas en secret quelque espérance ?

Un cri rauque s'échappa de la gorge du pauvre homme.

— Oh ! je vous jure, Mathilde, je vous jure sur mon père et ma mère morts que lorsque je vous ai dit : « Vous ne serez jamais que ma sœur, » je parlais de toute la sincérité de mon âme.

Une larme perlait sur sa joue.

Mathilde regrettait sa cruauté.

Il reprit, chancelant :

— Mais là... c'est vrai... tout à l'heure ; une lutte furieuse se livrait en moi sur le seuil de l'abîme... j'ai failli succomber, je suis un monstre... vous m'en punissez bien cruellement.

— Pardon ! Gustave, dit Mathilde sincèrement émue... J'ai été cruelle, en effet, je ne doute pas de vous. Ah ! la souffrance nous rend méchants !

Et entre les dents, elle reprit :

— C'est odieux ! mais je demande si je ne suis pas heureuse de vous voir malheureux avec moi ! Il faut me pardonner, mon ami. Hélas ! si jeune, j'ai fouillé si avant dans la boue du cœur humain.

— Mathilde !

— Vous êtes le plus noble des hommes.

Elle lui serrait les deux mains.

— Hélas ! soupira Gustave. Je ne suis qu'un homme, je tremble de succomber un jour aux tentations abominables qui m'assiégeaient tout à l'heure.

— Ayez confiance en votre force !

— Non, Mathilde, il faut que je vous fuie.

— Vous voulez partir ?

— Oui fit-il avec un grand geste vague, oui bien loin. Si loin que je pourrai aller, voyez-vous, je vous aime trop. Cet idéal d'amour que vous avez dans le cœur, je l'ai aussi dans le mien... Seulement moi, je suis plus heureux que vous... ou plus malheureux. J'ai là près de moi, la réalité de mon rêve en vous et vous m'appartenez !... Il faudrait être plus qu'un dieu pour résister longtemps à une pareille tentation !

Mathilde l'écoutait, très pâle.

— Vous avez raison, dit-elle. Partez !

— Je partirai demain.

Elle lui tendit son front.

— Adieu Gustave, embrassez votre sœur.

Puis elle se dirigea vers sa chambre.

Eperdu, Gustave l'arrêta :

— Un instant, Mathilde, encore un instant votre présence me fait du bien, j'ai peur quand je suis seul.

— C'est bien, je reste.

Elle s'était assise auprès de lui et lui prit la main et ainsi sans un mot ils passèrent la plus grande partie de la nuit.

La journée du lendemain fut **employée** par Gustave à faire ses préparatifs de départ. Son intention était bien nette, il partait ! Non, il souffrait trop, peut-être le changement d'air et la vie vagabonde amènerait-elle un apaisement à ses douleurs ? Il s'était décidé pour les Etats-Unis, ce pays où la fièvre de l'or vous prend tous, où une agitation extrême jette et sème l'oubli.

Puis il verrait.

Certes Mathilde l'inquiétait, la laisser seule, mais il s'était vite repris à l'idée, qu'elle avait son père et sa mère... Elle reprendrait auprès d'eux sa vie de jeune fille.

Ah ! de toute façon il valait mieux qu'il partit.

C'était décidé, irrévocable.

Il avait envoyé Robin retenir sa place dans l'express du Havre, pour le soir même à minuit.

Tout le jour Mathilde avait évité de le rencontrer, elle s'était enfermée en sa chambre.

Le déjeuner fut silencieux, ils évitaient de parler.

La pauvre femme souffrait bien cruellement. Mille pensées assaillirent sa pauvre tête déjà si éprouvée, devait-elle le laisser partir ?

Elle se reprochait de le jeter à l'abîme.

L'instant du départ approchait. Les deux époux étaient restés muets en attendant la voiture qui devait emporter Gustave. Une lutte suprême se livrait dans leur cœur, ils auraient voulu se jeter dans les bras l'un de l'autre, ils avaient mille choses à dire, ils n'osaient pas, ils restaient là, immobiles, tremblants, hébétés.

Le roulement d'une voiture, qui s'arrêta devant la porte, les fit tressaillir.

Gustave se leva, il était ferme, mais ses jambes fléchirent, retrouvant un peu de courage en cet affreux moment, il prit la main de sa femme, et il lui dit :

— Si la fatalité l'avait voulu, Mathilde, si vous m'aviez aimé quand votre cœur vierge d'amour gardait encore pures toutes ses illusions... Oh ! je le sens, j'eusse été digne de cette passion ardente, je ne l'aurais pas souillée, quand je songe à Jacques, cet enfant qui est plus que mon frère, presque mon fils, c'est moi qui l'ai élevé, essayant de prendre en moi tout ce qu'il y avait de meilleur pour le lui donner. Ah ! mon œuvre est parfaite, si c'est là mon image, je suis un joli monstre, moi qui lui ai servi de modèle ! Il aime la même femme que moi, et l'abandonne me la laissant après l'avoir souillée. Si encore il l'avait aimée d'un amour pur et honnête. Dieu m'est témoin que je n'aurais pas été jaloux de son bonheur et que j'aurais tout fait pour le rendre aussi complet que possible. Pour me récompenser de mes soins et de mon amour il me brise le cœur.

— Hélas ! soupira Mathilde.

Une révolte grandissait au cœur de Gustave, à bout de souffrance, sa résolution faiblissait.

Il avait pris son bras, il la serrait avec force, et dit avec ardeur.

— Non ! Mathilde, n'acceptons pas, patiemment l'injustice du sort ! redressons nos fronts rebelles et

essayons à notre tour de dompter les destinées. Il
était tombé sur un fauteuil, il tenait les deux mains
de sa femme puis se relevant il l'avait saisie par la
taille et la serrait éperdûment.

— Je vous aime, je vous aime comme un fou. —
Votre rêve, je le comprends et je le réaliserai peut-
être.

Il rêvait tout haut. Oh ! songez à l'extase qui s'em-
parera de nos âmes — bonheur paradisiaque ! Rêve
bleu où l'on voit s'agiter des ailes d'anges. — Oh !
je sens assez de flamme dans mon cœur pour que
son ardeur, traversant nos poitrines, arrive jusqu'au
vôtre, je vous aime — laissez-moi vous le dire à
deux genoux.

Mathilde, éperdue, balbutiait.

— Gustave, Gustave... songez à votre serment !...
Mais il continuait, affolé.

— Je vous aime ! savais-je ce que je promettais
alors... insensé !

Mathilde frémissait — une flamme montait en
elle, qu'il lui était impossible de chasser.

— Gustave, dit-elle, vous me brisez. Je ne puis
vous aimer... songez que nos cœurs sont ulcérés et
que dans la coupe de notre amour il se glisserait
quand même une âpre amertume. — Nos vies sont
flétries... nous ne pourrions jamais être heureux !

D'un élan insensé, Gustave s'était levé et, la prenant dans ses bras, il lui souffla dans le visage.

— Ne pas être heureux, quand je t'ai là sur ma
poitrine palpitante, que je te tiens, que tu es à moi !

Ah ! malheur à celui qui essaierait de t'arracher à mon étreinte. — Mon frère lui-même... tu m'aimes. Je le sens... nous serons heureux ! que m'importe la *virginité* de ton corps. Ton âme est pure de toute souillure... blanche colombe blessée, on a abusé de ton amour... et tu en souffrirais toute ta vie. — Non ! mon amour ! Dieu est juste ! — lui-même veut que tu sois à moi.

Eperdue, elle cacha sa face sur le sein de son époux.

— Gustave... Gustave... j'ai été la maîtresse de ton frère.

— Tu mens, cria-t-il avec force, tu n'es qu'à moi, tout entière. — Tu es mon épouse sacrée devant Dieu. Et sur la bouche de la Vierge sainte elle-même, je ne prendrais pas un baiser plus pur que celui de tes lèvres.

Mathilde s'abandonnait extasiée.

— Je t'aime, murmurait-elle...

Oh !... je t'adore.

— La voiture est en bas, Monsieur, vint dire le domestique.

— Merci, mon bon Robin, je ne pars plus, tu iras demain reprendre mes bagages à la gare.

Et Jacques enlaça la taille de sa femme et la serra contre lui. Son désir aigu de tout à l'heure devenait de la tendresse, une tendresse infinie, une envie molle de caresses consolantes, de celles dont on berce les enfants.

Il murmura tout bas :

— Je t'aimerai bien, Mathilde !

La douceur de cette voix émut la jeune femme, lui fit passer sur la chair un frémissement, et elle offrit sa bouche en se penchant sur lui, car il avait posé sa tête sur ses seins.

Ce fut un long baiser profond, puis un sursaut, une brusque et folle étreinte.

Ils restèrent aux bras l'un de l'autre, las et tendres encore. — La première, Mathilde se dégagea. Mais il lui prit les mains et les baisait, allant de l'une à l'autre avec une rapidité fiévreuse. Il répétait :

— Je t'adore, Mathilde !

Longtemps ils demeurèrent la joue contre la joue, perdus dans leur amour, contents de se sentir si proches et dans l'attente d'une étreinte plus intime et plus complète.

Doucement, Gustave dégrafait Mathilde qui s'abandonnait tout entière... il la porta dans son lit. Ils eurent une folle nuit d'amour.

La femme de chambre les réveilla le lendemain, lorsque dix heures venaient de sonner.

Quand ils eurent bu la tasse de chocolat posée sur la table de nuit, Gustave regarda sa femme, puis brusquement, avec l'élan joyeux d'un homme heureux qui vient de trouver un trésor, il la saisit dans ses bras en répétant : « Mathilde ! ma femme ! je sens que je t'aime, oh ! que je t'aime... beaucoup.., beaucoup... !! »

Elle souriait, d'un sourire confiant et satisfait, elle lui rendit ses baisers en murmurant :

— Et moi aussi... je t'adore... je crois...

Une étreinte folle les unit de nouveau.

Un soleil resplendissant éclairait la chambre, c'é-
tait le printemps de l'année et c'était le printemps de
leur amour ! le premier jour d'une longue période de
bonheur !

— Jacques devient songeur.

— En effet !

— Jacques n'est plus le même.

— C'est vrai !

— Depuis quelque temps il est toujours dans les nuages, il a l'air de composer un poème épique.

— Je m'én suis aperçue.

— Vois, en ce moment, il fait des vers !

— Du moins il en a l'air !

— N'est-ce pas ? je ne me trompe pas, Jacques n'est plus l'homme que nous connaissons ! Oh ! je ne me trompe pas.

— Assurément non !

— Quelle peut-être la cause de ce changement ? lui si gai habituellement. Lui toujours le boute en train de ces délicieuses parties qu'il organise d'une façon si spirituelle, lui toujours en avant quand il s'agit de rire, de s'amuser.

— Sais pas !

— Je cherche.

— Je vais t'aider !

— Regarde le... tiens il va à droite, à gauche la tête baissée il a l'air d'une âme en peine, qui diable à pu nous le transformer ainsi ?

— Ce qu'il y a de certain c'est que depuis son retour de Palestine, depuis enfin qu'il a achevé ce tableau qui le tenait tant au cœur il est bien différent envers moi.

— Et envers les autres.

— Aussi... n'est-ce pas ?

— Tout le monde s'en est aperçu.

— Oh ! ça n'est pas difficile.

— Maintenant qu'il a fini ces deux toiles qui...

— Il doit en rêvasser quelqu'autre ; et tant que son œuvre ne sera pas debout voilà l'homme qu'il sera.

— Tu as peut-être raison.

— Oh ! les artistes !

— C'étaient deux fort jolies et très élégantes jeunes femmes qui échangeaient ce dialogue, un après-midi de juin, dans le vaste atelier de Jacques Ollivier, à Alexandrie, à l'une de ces matinées qu'il avait pris l'habitude d'offrir à ses amis plusieurs fois par mois.

Jacques en effet, parmi le groupe brillant de ses invités ne paraissait pas s'amuser beaucoup ; sans dire un mot, il allait ou plutôt se traînait d'un fauteuil à un canapé et d'un canapé à un fauteuil, le regard vague tantôt levé, tantôt baissé, portant au front ce pli qui est la marque indéniable du souci.

Il était pourtant très heureux d'habitude au milieu de tous ces amis, tous soigneusement choisis parmi les plus intéressants de la haute société de la ville, groupe très mêlé il est vrai et surtout très cosmopolite. Mais étroitement uni par un même respect de l'art et un grand amour des belles choses.

Il y avait là des gens très érudits que Jacques aimait beaucoup.

Mais ce jour là, il ne paraissait s'intéresser à personne. Tout le monde l'avait vu mais on se taisait par discrétion.

Seules nos deux jolies filles qui paraissaient s'intéresser particulièrement à lui — et pour cause, l'une était la maîtresse actuelle et l'autre... aussi peut-être — continuaient à discourir avec animation à se perdre en conjectures.

— Serait-il amoureux de la petite Bianca Duhormel ?

— La petite cabotine qui joue *Miss Hellyet* dans la tournée des Bouffes.

— Oui, celle-là même.

— Je ne le crois pas, tu sais Jacques est revenu un peu des actrices à tapage, il n'est plus de ces jeunes gens qui s'emballent sur le fard de la scène.

—C'est vrai ça, alors ?

— Alors je ne sais pas.

Soudain la première poussa un cri étouffé.

— Le malheureux !

— Quoi ! tu m'effrayes.

— Le malheureux n'aurait-il pas quelque intrigue avec une femme du Harem.

— Pfffou ! !

— Pourquoi pas.

— Penses-tu ? ! !

Avec son amour de la couleur locale, ça ne serait pas si étonnant.

— Au fait !... c'est le seul genre de femme qu'il n'a pas encore eu.

— Ah ! tu vois bien.

— Et ça pourrait bien le tenir en ce moment.

— Elle n'est pas si folle ton idée.

— Ah ! tu vois bien.

Un silence se fit. Elles songeaient, leur adorable minois avait pris un air grave.

Il est certain que l'idée de l'intrigue avec une belle *soultana* prenait corps dans leur petite cervelle d'oiseau.

Et de fait l'idée paraissait très naturelle, car Jacques avait souvent manifesté son intention de faire une œuvre importante d'une seule figure : une belle orientale se dressant comme un sphinx au-dessus d'une pile de riches coussins aux couleurs éclatantes — l'or et les pierreries éblouissant les yeux dans la demi-teinte.

Rien d'étonnant alors que l'artiste ne soit pris brusquement d'un grand désir de connaître les coins secrets du sérail pour puiser des inspirations à la source.

Et dans leurs petites têtes folles les monstruosités

orientales des mille et une nuits, les farouches eunuques aux cimeterres tranchants, les plongeons dans la mer, enfermé avec des chats dans un sac de cuir et tant d'autres horreurs prenaient corps, devenaient une réalité.

— Le malheureux, répéta la première, le malheureux !

— Il faut le détourner de cette idée, sans ça il est perdu.

— Pauvre Jacques.

— Pauvre ami.

— Il est fou !

— Que faire ?

— Oui, que faire ?

Elles restèrent silencieuses au milieu du brouhaha des invités qui étaient partis dans une grande discussion sur l'influence des impressionnistes dans l'art moderne. Et cette grave question agitée, leur assurait une bonne heure de trêve aux galanteries de ces Messieurs. Une bonne heure au moins pour chercher un remède au mal dont elles croyaient leur ami atteint.

Les petites têtes folles partirent en un inextricable réseau de combinaisons baroques ou fantastiques.

Au bout d'un moment la main de la jolie blonde se posa sur le bras de la belle brune, une délicieuse bouche s'approcha d'une adorable oreille encadrée de frisons noirs, la petite cervelle folle avait trouvé !

— Dis ma mignonne, je sais ce qu'il faut faire.

— Ah !

…. iL S'ENFUiT.

— Oui.

— Il faut...

— Moi aussi j'ai trouvé...

— Quoi ?

— Dis d'abord.

— Eh ! bien il faut organiser comme si souvent l'année dernière nous l'avons fait — il faut organiser avec Léon une bonne escapade ou en caravane une bonne partie dans le désert ! tu sais la couleur locale comme ils disaient — mais cette fois pour changer ça sera en bateau sur le Nil, deux, trois bateaux il faudra tâcher d'emmener tout le monde c'est ça qui serait amusant, qu'en dis-tu ?

— Bonne idée !

— Oui, mais Jacques voudra-t-il ?

S'il est pris par sa sultane il n'y aura pas moyen de le décider, l'idée ne sera peut-être pas assez neuve pour le détacher de sa nouvelle lubie !

— Oui ! évidemment ! aussi il faudrait trouver... mais au fait et toi quelle est ton idée ?

— Je crains quelle ne soit pas très bonne non plus.

— Voyons.

— Eh ! bien, j'avais imaginé d'exprimer à Jacques un grand désir de connaître le Shah de Perse alors... tu comprends pour m'être agréable peut-être se déciderait-il au voyage...

— Hum ! !

— Tu ne crois pas ?

— J'en doute.

— C'est vrai ! ça n'est pas encore ça.

— Oh ! comment faire ! s'écrièrent-elles en se tordant les mains.

Elles réfléchirent encore.

— Quoi qu'il en soit j'arriverai bien à l'empêcher de faire des folies, dit la blonde après un instant.

Et la brune reprit :

— Moi aussi je te jure je l'empêcherai de courir au devant d'une mort atroce et certaine !!

Cette résolution prise, elles acceptèrent une tasse de thé que leur offrait un grand domestique noir magnifiquement drapé.

La discussion sur l'impressionnisme avait pris fin — des petits groupes se formaient — les sympathies se cherchaient pour prendre dans les coins la tasse de thé classique.

Léon Monduit s'approcha des jeunes femmes sa tasse d'une main, un morceau de plum-cake de l'autre.

— Ah ! ça mes petites qu'avez-vous à conspirer dans l'ombre.

Aussitôt quatre mains mignonnes s'abattirent sur les épaules de Léon, le forcèrent de s'asseoir et vite on le mit au courant des inquiétudes communes.

Léon restait pensif.

— Oui, oui, j'ai bien remarqué vaguement certaines allures, mais vrai je n'y faisais pas attention — maintenant que vous m'en faites apercevoir... c'est vrai... plus j'y pense... Jacques a beaucoup changé.

Et pour lui qui connaissait le passé ce fut une ré-
vélation.

Il ne douta plus une minute :

Jacques pensait à Mathilde.

Aussi rit-il de bon cœur quand les deux petites
folles lui firent part de leur crainte d'une intrigue au
Harem. Et comme il était resté très rapin ; il s'amusa
franchement à pousser la charge aussi loin qu'il put.
Il leur fit un tableau épouvantablement exagéré des
tortures réservées disait-il à ceux qui se laissaient
prendre en flagrant délit de *lèse-odalisque*.

Il riait, mais au fond, il était étrangement troublé
par la découverte qu'il venait de faire, car il aimait
Jacques avec sincérité et il se demandait avec angoisse où cela le conduirait si Jacques n'avait pas
cessé d'aimer Mathilde.

Et lui aussi prit une résolution, celle d'employer
tous ses efforts pour distraire son ami.

Efforts inutiles !

Le mal était plus grave qu'ils ne pensaient.

Jacques depuis plusieurs mois était atteint de la
nostalgie du boulevard !

Il faut l'hiver pour faire aimer le printemps !

Le soleil continuel avait fini par le lasser, il avait
maintenant envie de boue d'asphalte mouillée où se re-
flètent les lumières. Les ciels gris parisiens lui paraissaient cent fois plus agréables à l'œil que le sem-
piternel bleu... bleu tout bleu sous lequel il viva
depuis deux ans.

Ça l'avait pris à son retour de Jérusalem, une fois

la fièvre de l'art calmée. Pendant ces deux années il avait travaillé comme un enragé. Il s'était saturé d'Orient. Il avait fait les tableaux qu'il rêvait — il était arrivé à fixer la lumière sur ses toiles, il était devenu le maître de la couleur — il avait vaincu le soleil et l'éclatante fanfare de tons qu'il répand dans la nature lui étaient devenus si familiers qu'ils ne l'intéressaient plus.

Il rêvait maintenant d'être sacré par le grand public, celui des salons parisiens.

Il avait assez de ces amours passagères avec d'insignifiantes poupées. Assez de ces orgies fastidieuses qui ne peuvent amuser qu'un moment.

Son grand amour avait repris toute sa place, le seul, le premier qui fait toujours valoir ses droits était devenu son unique espérance.

Mathilde s'était dressée — elle avait fini par vaincre sa seule rivale sérieuse, la peinture ! — elle s'était dressée et peu à peu avait fini par reprendre toute ses pensées, accaparer tout son être.

Il passait ses nuits à mordre ses draps en songeant aux étreintes passées.

O ! les visions affolantes !

Elle !

Toujours elle.

Il était rongé par le remords, car il se rappelait la lettre que maintenant il jugeait abominable, la lettre odieuse qu'il avait écrite à son frère.

Son frère.

Ah ! il songeait bien à lui aussi ! il l'aimait bien, comme il aurait voulu le serrer dans ses bras !

Mais comment ferait-il pour oser se présenter à lui après si longtemps...

Ah ! comme il s'en voulait le pauvre artiste.

En proie à ces agitations intérieures on comprendra aisément pourquoi Jacques ne s'amusait plus avec ses amis, et pourquoi depuis longtemps il portait au milieu d'eux un front toujours maussade.

— Eh ! bien Jacquot viendras-tu ce soir avec nous ? tu sais que nous soupons avec les petites femmes de *Miss Helyett*, ça sera très gai. Et puis il y aura une surprise, deux nouvelles débarquées, deux parisiennes superbes !

C'était Léon qui prenant Jacques à part lui disait tout bas ces quelques mots en clignant de l'œil *d'aguichante façon.*

— Non, mon vieux, non ! je ne suis pas très en train ces temps-ci et j'ai besoin d'être seul.

— Précisément, mon cher, il faut réagir et c'est quand on éprouve le besoin de solitude qu'il faut rechercher le monde.

Mauvais la solitude hein ? très très mauvais !

Et il le regardait fixement.

— Allons, allons, reprit-il tu ne vas pas faire des âneries ? n'est-ce pas. Je te guette tu sais ! et je te vois venir depuis quelque temps.

— Que veux-tu dire ? demanda Jacques qui se sentit deviné.

— Bon ! bon ! ça suffit mais je t'avertis que je te surveille et je ne te laisserai pas reprendre par ton « *vagâlâme.* » Un gaillard comme toi qui a pondu les superbes machines que tu viens de finir, Ah ! N. d. D !! Tu es fichu ! sans ça ! tu sais fi=chu !

Et tu m'entends bien, ce soir tu seras des nôtres, et tu seras le plus gai... comme autrefois, sinon tu n'es plus mon ami.

D'abord je te colle les deux belles filles... tu sais... superbes... mon vieux !

Et sur un claquement de langue significatif, Léon insista :

— A neuf heures ! au café des Pyramides !

Le grand atelier si animé tout à l'heure se vidait peu à peu, à travers la grande baie vitrée les rayons du soleil, très bas à cette heure avancée de la journée, mettaient des flèches d'or dans les traînées de fumée bleuâtre qui, montant vers le plafond, faisaient une atmosphère de rêve.

L'une après l'autre, la belle brune et la jolie blonde vinrent proposer à Jacques une fine partie, mais n'eurent aucun succès !

Elles revinrent à la charge toutes deux à la fois et n'obtinrent pas davantage.

Jacques ne put s'empêcher de rire en voyant leur mine piteuse.

Elles partirent persuadées plus que jamais que le peintre était amoureux d'une sultane.

Et elles le voyaient avec terreur empalé avant huit jours.

* *

Longtemps après le coucher du soleil, il fait encore jour dans les pays que l'astre radieux favorise.

Jacques, quand il fut seul, resta longtemps allongé sur un divan, songeur.

Il ne se sentait pas la force de résister longtemps aux tentations si fortes de retourner en France.

Paris ! Paris !

Ce mot résonnait comme autrefois résonnait celui de Orient ! enchanteur !

Qu'attendait-il ?

Il était venu chercher une fortune, elle était faite.

Alors pourquoi ne partait-il pas tout de suite la jeter aux pieds du Secrestan ?

Il n'y avait jamais plus pensé.

D'un bond il fut debout, un besoin de s'agiter, de partir de suite l'avait redressé.

La longue tirade de son frère sur le bonheur lui revenait à la mémoire.

Ah ! comme il avait raison !

Heureux ceux qui ont franchi l'âge stupide et charmant où tant d'espoirs vagues se disputent votre cervelle !

Oh ! comme ça doit être bon d'avoir sa femme.

— Mais j'en ai une cria-t-il, elle est à moi certes ! qui donc aurait plus que moi le droit de la faire sienne ?

Mathilde m'aime encore ! j'en suis sûr ! elle doit m'attendre et je suis là moi... là qu'est-ce que je fais là ! !

Dans la plus grande surexcitation il sortit, il marchait à grands pas, comme si chacun de ces pas devait le rapprocher d'elle.

Il marchait comme un insensé, lorsqu'un spectacle charmant le cloua stupide d'admiration et d'envie : deux jeunes gens, un couple charmant, sans doute deux jeunes époux en voyage de noce passaient insouciants de ce qui se passait autour d'eux. Comme ils avaient l'air de s'aimer !

Brusquement Jacques faillit étouffer.

Cette splendide chevelure fauve !

Grand Dieu !

Ce port de reine ! cette taille souple.

Mais c'est...

Il courut vers eux comme un fou, s'arrêta devant les amoureux effarés.

Non ! ce n'était pas Mathilde.

Et cette ressemblance le laissa dans un ravissement.

Il la regarda s'éloigner ! tant qu'il vit le point bleuâtre que faisait la chemisette blanche sur le ciel qui s'assombrissait.

VI

Nous n'entreprendrons, pas de raconter par le détail — le bonheur tout à fait pur que goûtèrent Gustave et Mathilde à partir du jour où ils se prirent. Ils s'aimaient passionnément. — Ils ne vivaient que l'un pour l'autre. — Pas un nuage ne vint troubler le paradis qu'était devenu leur intérieur.

Une adorable fillette était venue resserrer encore les liens déjà si puissants qui unissaient les deux époux.

L'hiver, dans leur somptueux appartement de la rue de Châteaudun. — L'été à Belle-et-Bas, avec le papa et la maman Secrestan.

Gustave avait eu de solides et rapides succès, à trente-six ans, il était chef de clinique à la Charité.

Riche, aimant et aimé, il était en marche pour conquérir la gloire.

Deux ans s'étaient écoulés et Gustave n'avait reçu de son frère qu'une lettre encore plus laconique que les premières, où il ne parlait même plus de Mathilde. Un matin du mois de mars, le médecin qui avait fait défendre sa porte, travaillait à un rapport qu'il devait soumettre à l'Académie de médecine. Il était assis sur un fauteuil de cuir, dans son cabinet, une vaste et somptueuse pièce, dont deux côtés se trouvaient entièrement cachés par des livres bien rangés sur les rayons de belles bibliothèques en bois noir. — Les reliures de tons différents, rouges jaunes, vertes bleues et fauves, mettaient de la couleur et de la gaité dans cet alignement monotone de volumes et dans la pièce un peu trop sévère.

Il se retourna. La porte venait de s'ouvrir doucement et laissait passer la tête de Robin.

— Je demande pardon à Monsieur... mais quelqu'un est là... qui insiste beaucoup pour le voir.

— Mais enfin... me diras-tu quel est cet étranger.

— Le voilà, dit le domestique en s'effaçant pour laisser passer un jeune homme élégamment vêtu d'un costume complet gris-foncé.

— Gustave !

— Jacques !

Cès deux cris s'étaient croisés dans la pièce sombre et silencieuse.

Les deux frères étaient dans les bras l'un de l'autre.

— Mon frère !

— Cher Gustave !

— Mais je me trompe, moi !... ce n'est pas possible que ce soit lui... et pourtant je le tiens-là... il le tâtait... très ému.

Ah ! pauvre cadet... comme te voilà changé !

— N'est-ce pas ?

— Mais enfin, explique-moi ce retour imprévu, sais-tu qu'il y a plus de deux ans que je n'ai pas reçu la moindre lettre... arriver ainsi sans me prévenir.

— Ah ! gronde-moi bien. — Je suis un fier ingrat et un misérable... je t'avais presque oublié.

— Oh ! Jacques !

— Eh ! je ne veux rien te cacher.

Ils s'étaient assis ; mais tu me pardonneras, toi, fait tout entier de bonté. — Oui, pendant près de trois ans, les aventures qui ont rempli mon existence, m'empêchaient de songer à toi... et quand j'ai eu assez d'imprévu et d'émotions... alors seulement, je me suis rappelé que j'avais, tout là-bas, en France, un frère que j'aime et qui m'aime, et que je n'avais pas vu depuis bien longtemps. Ce souvenir m'a rempli le cœur d'une émotion si douce, que j'ai pleuré Gustave... j'ai pleuré, et le besoin de te revoir a été si fort que je suis revenu... et me voilà.

— Mais, demande Gustave, pourquoi ne pas m'écrire que tu arrivais ?

— Dans une lettre, je me serais mal expliqué. J'ai mieux aimé te parler moi-même, venir à toi et te dire simplement : « Mon frère ! »

— Ah ! tu as bien fait !

Ils s'embrassèrent.

Gustave regardait Jacques.

— N'est-ce pas que tu me trouves bien changé, demanda celui-ci. Ah ! je te reviens bien las de ces courses lointaines... bien las et bien vieilli... (il regardait autour de lui). — Comme c'est bon de se retrouver, ça vous fait chaud au cœur...

Gustave, je n'ai pas envie de te quitter encore, va !

— A la bonne heure ! enfant prodigue.

— As-tu travaillé là-bas ?

— Oui ! beaucoup et avantageusement, je rapporte trois tableaux bien faits et une quantité considérable de bonnes études, et ce qui vaut encore mieux... des idées bien arrêtées sur mon art... j'ai trouvé ma voie... tu verras, — j'ai envoyé mes trois toiles importantes au Salon du Champ-de-Mars, avec mon choix d'études, une dizaine, ça va me faire une assez jolie exposition, j'y compte beaucoup... Mon frère est un grand médecin... j'espère bien lui servir un grand peintre.

— C'est bien, cadet... enfant prodigue.

Ils se regardaient, heureux de se revoir.

Jacques, tout au plaisir de se retrouver chez son frère se mit à rappeler des souvenirs.

— Dis ! te souviens-tu, quand j'étais un tout petit... tout petit... comme tu me gardais, et lui rappela toute leur vie passée : Oh ! qu'il avait songé à toutes ces vieilles histoires, tout là-bas, dans l'autre monde. — Ces belles histoires qu'il lui racontait pour l'endormir. — Avec quelle bonté il avait sacrifié sa jeunesse, car il était alors à l'âge où les autres s'amusent mais, lui, déjà grave, n'y songeait pas, il était père d'un petit garnement qui n'était pas toujours reconnaissant.

— Et quand tu m'appelais «Cadet» je te repondais

«frère», mais dans le fond de mon cœur une voix disait «maman». L'avons-nous pleurée ensemble cette maman que je n'ai pas connue et que tu as si bien remplacée !

Gustave gronda doucement son frère un peu gêné par toutes ces paroles qui glorifiaient sa grandeur d'âme.

— Mais tais-toi donc... où vas-tu chercher tous ces souvenirs.

Mais Jacques avait besoin de tendresse.

— Appelle-moi un peu « Cadet » comme autrefois, oh ! ça me fera du bien !

— Pauvre cadet. Tu n'as donc pas trouvé là-bas le plaisir que tu cherchais ?

— Le plaisir, si... mais le plaisir n'est pas le bonheur — pendant que je courais le monde tu restais ici et le bonheur est venu frapper à ta porte — car tu dois être heureux — vous devez bien vous aimer ?

Gustave reçut un grand coup dans la poitrine.

— Que veux-tu dire ?

— Ta femme.

— Oh ! qui t'a dit ?

— Robin, m'a appris que tu étais marié.

— Ah !... et c'est tout ce qu'il t'a dit ? demanda-t-il sourdement.

Jacques fût surpris de la pâleur subite du médecin.

— Oui, dit-il, qu'y a-t-il donc encore.,. dis... est que j'aurais un neveu ? Ah ! je vais bien l'aimer celui-là....je me rattraperai... cher petit Jacques ! tais-toi !

— Qu'as-tu donc... tu es tout pâle ?

— Je n'ai rien...

Jacques continuait comme rêvant:

— Tout bonheur n'est peut-être pas perdu pour moi. J'ai été aimé aussi moi... je le suis peut-être encore. Ah! si cela était... Tu te souviens, Gustave... Mathilde...

— Eh! bien demanda l'autre haletant!

— M'a-t-elle oublié? — Est-elle mariée? Je n'osais pas te demander. Ah ! je ne mériterais pas sa fidélité, si elle m'attendait encore.

— Mathilde ! dis-tu? dit d'une voix grave Gustave, ui... elle est mariée.

Le voyageur avait frémi, il demanda tout pâle:

— Ah!... puis brusquement, et avec qui?

— Avec...

Il se tut.

— Tu me caches quelque chose.

Gustave s'était redressé... il regarda gravement son frère et dit simplement:

— Mathilde est ma femme.

Un cri.

— Ta fem... Il s'était levé et était retombé accablé dans son fauteuil.

Gustave était impassible. Jacques passait une main sur son front... des gouttes de sueur perlaient... il bégaya.

— Mais sais-tu bien ce que tu me dis là, Gustave... Mathilde ta femme! Songe bien qu'elle a été ma maîtresse !

Terrible, Gustave s'était dressé:

— Ne me parle pas de cela ! Je te le défends.

Jacques sentait une colère monter en lui.

— Mais alors ! tu me l'as prise... de quel droit...
Je rêve, moi... Je ne comprends plus ce que tu me
dis à présent... Voyons répète... que j'entende... Tu
te joues de moi...

— Mathilde est ma femme, répéta avec simplicité
Gustave :

Jacques s'emporta :

— Ah ! malheur à moi puisqu'il en est ainsi. —
Pourquoi suis-je revenu — pourquoi n'ai-je pas trouvé
la mort dans les contrées lointaines que j'ai parcou-
rues. — Fou ! je croyais à ces deux choses saintes :
l'amour de la femme et l'amour fraternel ! ! — J'avais
bâti mon rêve sur du sable et je ne m'aperçois de sa
fragilité que lorsqu'il est écroulé, anéanti.

Il avait pris sa tête entre ses mains et tombé sur
son siège, il sanglotait :

— Ah ! Gustave reprit en levant vers son frère un
visage baigné de larmes, ah ! je te croyais le plus
honnête de tous les hommes. — Comme je me trompais — pourquoi ne m'as-tu pas laissé mourir, lorsque frêle et privé de mère, je pouvais, sans terreur,
retomber dans le néant d'où je ne faisais que sortir.
Avais-tu besoin de me garantir de tout contact dou-
loureux jusqu'à l'âge de raison pour me faire sentir
ensuite plus affreusement le malheur. — Tu m'as
fait un cœur aimant, c'était pour le déchirer...

Il s'emportait — il criait :

— Gustave... ton œuvre est infâme ! je t'avais

confié celle que j'aimais, — tu m'avais juré devant
Dieu de me la conserver. — Ah! tu tiens bien ta promesse! — et un ricanement effroyable déchira sa
gorge.

Gustave restait calme en apparence sous les insultes de son frère, il laissait passer la grande exal-
tation.

Il dit affectueusement:

— Jacques! songe que c'est à moi que tu adresses
de semblables paroles!

— Mais je ne le sais que trop, criait Jacques au pa-
roxisme de la colère. — Tu n'es plus mon frère. —
Par quel sortilège es-tu parvenu à te faire aimer
d'elle! Elle était à moi!! il frappait sa poitrine à
grands coups : elle n'aimait que moi!

Puis riant rageusement :

— Son père a dû te l'accorder avec joie — tu as
une position toi... tu es médecin... un homme sérieux, moi je ne suis qu'un artiste, un bohème, un
malheureux. Ah! si c'est cela qu'on appelle les honnêtes gens aujourd'hui, je bénis le destin qui ne m'a
pas mis de leur côté.

— Jacques tais-toi! répétait doucement le frère
contenant à grand'peine sa colère qui grandissait.

Mais, l'autre exalté :

— C'est toi qui devrais te taire et ne pas lever le
front! Mais je te délivrerai de ma présence, car je te
hais et je te maudis...

C'en était trop; la fureur de Gustave éclata, il se

contint pourtant et c'est d'une voix à peine altérée, qu'il dit tout d'un trait :

— Tu te montres enfin tel que tu es. — A la bonne heure ! — Tu croyais que ton voyage t'avait changé, je l'espérais aussi, mais non ! — tu es bien toujours le même. As-tu donc perdu le souvenir? Et la lettre que tu m'as écrite? Cette lettre infâme où tu étalais cyniquement tout ce qu'il y a de mauvais en toi. — L'as-tu oubliée, dis? — Eh! bien, moi je l'ai gardée... je te la ferai relire, si tu veux.

Jacques l'avait oubliée cette lettre. — Il fut consterné.

— Tiens, reprit le frère impitoyablement, il faut que je te dise une fois ce que je pense: mon amour fraternel t'a obsédé. — Tu étais ennuyé de me voir sans cesse bon et dévoué, aujourd'hui tu crois me prendre en faute et tu es heureux ! Tu te dis lui aussi a de la boue au fond du cœur... je ne suis donc pas le seul. Cela te fait du bien de me croire malhonnête homme comme toi.

— Je n'ai jamais cessé d'aimer Mathilde!

— Tu aimais Mathilde ! toi ! allons donc ! qu'as-tu cherché en la séduisant? — qu'as-tu demandé à l'amour qu'elle avait pour toi? Une émotion ! Et comme l'émotion se prolongeait et que le roman menaçait de devenir banal, tu as été heureux de trouver un prétexte pour le dénouer.

A ces paroles injustes Jacques protesta :

— Jamais... et j'aime encore Mathilde.

Son frère emporté continuait :

— Ton voyage t'a offert des sensations nouvelles…
tu t'en es encore fatigué et tu t'es senti un grand
besoin de repos — tu es revenu ici mendier à ceux
qui t'aiment véritablement quelques larmes pour re-
fleurir ton âme desséchée! Si tu avais retrouvé Mathilde pleurant sur son long veuvage, quelle scène
pathétique tu lui aurais fait pour lui persuader que
tu l'aimais encore — tu n'aurais peut-être pas hésité
à resserrer le lien qui t'unissait à elle, quitte à le
briser une fois de plus quand tu l'aurais trouvé trop
lourd.!!

Dans sa rage il devenait injuste, continuant:

— Ton amour était faux. — Ton amitié fraternelle
est fausse!! tu t'es fait un cœur factice qui ne doit travailler qu'à certaines heures, quand tu as un pinceau
entre les doigts. — Eh! sois donc courageux un peu!
laisse là ta poésie quand tu rentres dans la vie réelle,
tâche d'avoir quelque chose d'humain dans la poitrine, mais tu n'es pas un homme… tu es un artiste.

— Gustave! s'écria le jeune homme.

— Dans quel limon Dieu t'a-t-il pétri toi qui ne sais
que faire souffrir ceux qui ont le malheur de t'aimer?
Heureusement ton œuvre de douleur n'a pas été ac-
complie, Mathilde m'aime… entends-tu? Elle est ma
femme! Je l'aime, laisse-moi mon bonheur!

— Je te comprends. — Je pars — adieu.

Gustave s'élança, lui saisit le bras.

— Attends! dit-il, j'ai encore une chose à te dire…
j'aurais voulu qu'une autre bouche te l'apprît… mais

puisqu'il le faut, écoute et trouve si tu le peux une parole de blâme.

Et simplement, sans phrases, il apprit à l'ingrat la grossesse de Mathilde et comment, après la lettre infâme, il s'était fait un devoir sacré de s'offrir pour lui rendre son honneur.

Jacques l'écoutait effaré. Tout à coup il poussa un cri rauque et s'abattit sur le divan.

Gustave allait sonner pour appeler du secours, mais Jacques se releva, courut à lui en tendant ses mains jointes et il balbutia.

— Oh ! pardonne-moi !... pardonne-moi !...

Ayant saisi son bras, il le serrait en répétant : Non ! non ! tu ne peux pas me pardonner ! tu ne me pardonneras pas ! — Je veux fuir... fuir... je ne peux pas... je suis trop faible... si faible.

Il s'abattit à ses genoux et sanglotant :

— Oh ! aie pitié de moi, mon frère ! Mon Dieu ! sauvez-moi...

Il le tenait à pleins bras comme s'il eût craint qu'il ne s'en allât sans le pardonner.

Gustave regardait autour de lui égaré : toute sa colère était tombée et il restait abîmé devant la douleur si grande et si sincère de ce frère qu'il avait toujours tant aimé. Il dit les yeux humides :

— Tu me fais mal, Jacques... relève-toi.

— Mais lui le tenait assis de force, ses deux bras enlacés à la ceinture et il répétait d'une voix brisée :

— Oui !... oui... c'est vrai que je suis un monstre... un ingrat... Qu'ai-je fait ! Mon Dieu ! qu'ai-je fait !...

Ne me réponds pas... Je ne mérite que votre haine ! ...oui, détestez-moi, tous les deux. — Mais... oh ! si tu savais comme je souffre !

Gustave suffoquait — haletait, essayait de parler et ne pouvait prononcer une parole. Il le repoussait de ses deux mains en fermant les yeux pour ne pas voir sa douleur.

Jacques eut un sursaut :

— Mais... alors... je suis père ! — Et l'enfant... où est-il ?...

— Il est mort.

— Oh ! le châtiment ! et il se laissa tomber sur une chaise, secoué par des sanglots convulsifs.

Brusquement il se redressa, cria : Adieu ! adieu ! et il s'enfuit.

Dans le vestibule il trouva Mathilde qui venait, inquiète, ayant entendu un bruit inaccoutumé dans le cabinet de son mari. — Elle ne le reconnut pas, car il fuyait comme un malfaiteur.

Mais lui eut un nouveau supplice à ajouter à son supplice, car il emporta la vision bien nette de cette femme, exquise en peignoire de flanelle blanche. Cette femme si belle, qu'il avait fait sienne et qu'il avait perdue par sa faute. Il l'aimait plus que jamais.

Jacques marchait dans la rue comme un insensé.

— « Que vais-je devenir ? répétait-il ! »

— Demandez la *Patrie*, grande victoire des Boërs.

Un marchand de journaux passait en courant, et répétait : « Grande victoire des Boërs ! » Une idée subite éclaira Jacques.

SALLE
XXIV
AU SALON

— Voilà, se dit-il, — je vais m'engager, j'espère bien être tué.

Huit jours après, faisant partie d'un groupe de volontaires qui s'étaient mis sous les ordres du colonel de Villebois-Mareuil, il était en route pour Prétoria.

* *

Mathilde, toute émotionnée, était entrée dans le cabinet de son mari.

— Qu'y a-t-il, demanda-t-elle anxieusément, que se passe-t-il.

Gustave restait hagard — tordant les mains, ne sachant quel parti prendre.

— Lui ! gronda-t-il sourdement.

— Lui ? qui lui ?

Elle ne pensait plus à Jacques ! !

— Jacques !

Une rougeur subite couvrit le front de la jeune femme.

— Son repentir, sa douleur, m'ont accablé, pauvre frère aimé... Où va-t-il... que va-t-il faire?... Je tremble, Mathilde.

Mathilde avait tant souffert par Jacques, cet homme qui avait failli briser sa vie. Que pour lui, son cœur était devenu de glace. A son nom, aucune des fibres anciennes n'avait tressailli.

Maintenant, elle aimait son mari, le passé n'existait plus. — Elle comprit son état d'âme affreux.

Elle se fit câline, s'assit sur ses genoux et, lui prenant la tête de ses deux mains :

— Oh, va ! ne crains rien ! je suis de marbre. Il n'existe plus pour moi... que comme un frère,... que tu aimes... Nous le verrons, si tu veux, car je suis une autre femme... Tu l'aimes bien, malgré tout, dis ?... Je crois que je pourrai l'aimer aussi comme une sœur.

Ils restèrent longtemps enlacés, et la pensée de leur vie simple, continuée, leur était d'une infinie douceur :

Gustave avait envoyé le vieux Robin pour savoir si Jacques était rentré chez lui. On ne l'avait pas vu. Il chercha partout, et chaque jour suivant n'indiqua pas la moindre trace.

Toujours rien !

Gustave était horriblement inquiet. — Chaque jour il lisait avidement les journaux aux Faits divers, avec la crainte toujours plus grande d'y apprendre la découverte du corps de son frère.

Une semaine s'était écoulée dans des transes mortelles, lorsqu'un matin arriva une lettre timbrée de Bordeaux dont voici le contenu :

« Mon frère, je vis ! à ce seul mot, tu comprendras
« toute l'étendue de mon courage.

« Cette lettre pour te tranquilliser si toutefois tu peux
« encore t'inquiéter de celui qui se croit tout à fait
« indigne de ton amitié.

« Je ne me tuerai pas.

« Mais, je ne veux pas te cacher, que si je pars
« apporter mon faible concours à la sainte cause des
« Boërs, c'est avec l'espérance que dans ce pays où
« actuellement la mort fauche chaque jour tant de
« braves qui pourraient être heureux, elle saura bien
« enlever à ses tortures le plus désespéré de ses su
« jets.

« Je l'aime encore, Gustave. Mais je t'aime aussi et
« je veux que tu sois heureux !

« Si par malheur quelque balle ne vient pas mettre
« fin à mon supplice : je m'efforcerai de supporter
« l'existence et lorsque nous aurons atteint l'âge au-
« quel les passions meurent au cœur de l'homme,
« alors peut-être pourrons-nous nous revoir et nous
« goûterons les plaisirs d'une vie toute céleste. Je me
« conserverai pour ce moment s'il doit venir.

« Oh ! toi que j'ose encore de loin appeler du doux
« nom de frère, toi, désormais doublement aimé,
« l'âme de mon âme, la pensée de mes pensées, songe
« que tu dois faire le bonheur de l'ange que j'ai fait tant
« souffrir.

« Donc, adieu je t'embrasse,

« Ton frère qui t'aime.

« Jacques. »

« P.-S. — J'ai envoyé mes toiles au Salon, iras-tu
« les voir ?

« J. O. »

VII

Quand ils entrèrent dans la première salle de l'exposition de peinture, Mathilde et Gustave furent surpris de la foule énorme qui s'y étouffait.

— Diable! murmura Gustave, noús arrivons un peu tard. Nous allons avoir du mal à trouver ses tableaux.

La foule était très mêlée, des artistes, des bourgeois des gens du monde. C'était le jour du vernissage au Grand Palais — jour de fête pour les artistes ce jour où chacun vient jouir du succès de son œuvre, et de l'insuccès aussi plus souvent.

Au milieu des paletots pleins de poussière et des redingotes sombres, il y avait les toilettes claires des femmes, ces toilettes d'été si claires, si gaies avec leurs soies tendres et leurs garnitures légères. L'œil était ravi par la tranquille assurance des femmes, leur belle taille, souple, ondulant sur les hanches, la croupe exubérante, qui coupant au plus épais des groupes, sans s'inquiéter de leurs traînes, finissaient toujours pas passer, soufflant leurs parfums mêlés à leur odeur naturelle à tous ces mâles qui s'écartaient pour les regarder passer, l'œil enflammé. Elles allaient d'un tableau à un autre avec une sérénité de déesse, s'arrêtant devant les études de nu sans sourciller, tandis que derrière elles des groupes de peintres détaillaient la toile en termes plus que libres.

Mathilde n'était pas parmi les moins belles dans la maturité de sa beauté. Ses cheveux d'un roux acajou faisaient une tache adorable sur sa toilette de linon crème relevée de dentelles d'application où étaient passés d'étroits rubans de satin vert foncé.

Ils s'étaient engagés dans les salles de gauche, une enfilade de grandes pièces carrées. Un jour blanc tombait d'en haut tamisé par un velum de calicot blanc. Mais la poussière soulevée par le piétinement des visiteurs mettait une légère brise d'or au-dessus des têtes.

Les tableaux faisaient des taches violentes sur les murs. Là, une toile bigarrée extraordinairement mettait dans l'or du cadre toute une série de couleurs violentes qui détonnaient à côté d'une autre toile d'une uniformité de ton désolante.

Il commençait à faire horriblement chaud. Des messieurs se promenaient leur chapeau à la main et s'épongeant le front de leur mouchoir. Tous avaient le nez en l'air.

Il y avait foule devant certains tableaux. Il se produisait des écrasements, et l'on entendait sans relâche le grondement continu des pieds sur le parquet des salles.

— Tiens, voilà, ça doit être là, dit tout à coup Gustave.

Cinq ou six rangs de personnes contemplaient deux grandes toiles. Il y avait des femmes avec binocles, des artistes qui causaient bas, faisant des gestes approbateurs. Un monsieur chauve, le crâne luisant, excessivement décoré, parlait au milieu d'un groupe d'hommes et de femmes qui l'écoutaient religieusement. Ce coin sentait le succès, le vrai, celui qui comprend le public et empoigne les artistes.

C'était là, en effet.

Là qu'étaient les trois grands œuvres de Jacques rapportées de son voyage en Orient et la série d'études de moindre importance mais belles et faites. Elles occupaient presque toute la longueur d'un panneau, toutes admirablement placées ce qui permettait de les juger à leur juste valeur. Tout ce coin de la salle flambait. C'était une débauche de belle couleur qui prenait le regard et le captivait. Jacques avait raison d'être content de lui; c'étaient bien là des tableaux de futur maître.

Le premier de ces grands tableaux représentait une « Soultana », une admirable figure de femme à demi-nue qui dressait sa taille de Sphinx au-dessus d'une masse de coussins dans une lumière douce et tamisée, c'était un splendide morceau de chair, palpitante.

L'autre, une danse d'almées, où une série de femmes faisant la danse du ventre montraient parmi des étoffes chatoyantes des ventres qui avaient l'air de s'agiter.

Enfin l'œuvre capitale : *Le Christ sur le Golgotha*. Une vraie figure pleine de vérité, avec un paysage fait là-bas sur les lieux, avec types et costumes bien étudiés. Une scène vraie, vécue où la convention n'entrait plus pour rien, et c'était l'œuvre devant laquelle tous les artistes s'arrêtaient, émotionnés, voyant une voie nouvelle ouverte, une nouvelle école « Fini le pompier ! » c'était le cri des jeunes devant la belle œuvre du jeune maître.

Gustave et Mathilde parvinrent enfin à une place où ils purent voir.

Gustave se sentait tout remué en entendant toutes ces louanges adressées à l'œuvre de ce frère bien aimé. Il songeait et maudissait le sort qui faisait que son bonheur à lui était fait de son malheur, que désormais ils fussent séparés, il se reprochait, il s'en voulait, il se demandait ce qu'il y avait à faire pour que tout s'arrangeât... mais quoi ? quoi ? il ne voyait rien, rien.

Mathilde, elle songeait aussi, elle était tout étonnée de ne se sentir rien au cœur. Rien, comme s'il n'y avait jamais rien eu entre elle et le peintre.

Oh ! femme ! femme, créature faible et décevante, a dit Beaumarchais. Un orgueil montait en elle de seulement une grande joie, un bonheur débordant de voir tant de gens, des hommes graves et décorés, des femmes belles et élégantes répétant sur les tons :

— Quel talent ! est-ce beau...

Elle avait envie de leur dire : « c'est mon beau-frère à moi, le frère de mon mari, ah ! mais... nous ne sommes pas les premiers venus et lui donc... c'est un médecin de premier ordre... »

De son amour, plus rien, pas une étincelle. Elle était prise par le tourbillon de cette vie parisienne, par cette étourdissante danse de plaisir factice et de l'élégance et elle promenait dans la salle sa tranquille assurance de déesse.

Gustave était un peu inquiet, Mon Dieu dit-il ! que va-t-elle penser ? Mais il fut vite rassuré, quand prenant le bras de son mari, elle dit :

— J'espère mon chéri que tu vas nous offrir à déjeuner chez Ledoyen.

Maintenant, ils se dirigeaient vers la sortie ; ils reprirent leur marche lente et difficile à travers le dédale des salles et dans la poussière qui avait encore augmenté. Ils se laissaient entraîner par le flot descendant de la foule qui continuait son piétiment monotone. Ils se sentaient las.

Ils furent tout à coup secoués d'un frisson en passant devant un tableau de bataille où éclatait la fusillade et où les morts couvraient le sol. Ils eurent une brusque vision de l'absent, couché là-bas, peut-être, dans la plaine et sans se regarder ils s'étaient sentis frémir.

Tandis qu'à côté d'eux, ils entendirent des mor-

— ENFIN ! LA VOILA !

ceaux d'une conversation vive et animée entre deux peintres qui parlaient de *leur* frère.

— N.. de D... ! disait l'un d'eux, quelle peinture. Ah ! il m'a ouvert les yeux, quelle puissance, quelle couleur. Jacques Ollivier, ah ! voilà un type qui ira loin !

*
* *

Pas bien loin, hélas !

Le même jour, presque à la même heure où les murs du Grand-Palais retentissaient de son succès, une balle stupide avait fauché le malheureux artiste.

Il était bien couché là-bas sur le revers d'une colline comme l'avaient pressenti les siens en passant devant le tableau de bataille.

Toujours aux places les plus dangereuses, Jacques cherchait la mort depuis son arrivée au Transvaal.

Ses compagnons étaient pleins d'admiration pour sa bravoure car ils ignoraient sa secrète espérance et plus d'une fois un solide gaillard l'avait de force fait abandonner une position par trop dangereuse.

Ce jour-là, lorsqu'il sentit la mort pénétrer dans son corps, il murmura en s'affaissant :

— Enfin ! la voilà.

Un flot de sang jaillit de sa bouche étouffant le cri qu'il allait jeter vers le ciel de France...

— Gustave, Mathilde... soyez heureux !

www.ingramcontent.com/pod-product-compliance
Ingram Content Group UK Ltd.
Pitfield, Milton Keynes, MK11 3LW, UK
UKHW022041070726
13613UKWH00002B/623